reifegrade

Christoph Nesgen, Jahrgang 1965, hat Bankkaufmann gelernt und Psychologie, Philosophie und Erziehungswissenschaften studiert. Als Managementtrainer und Unternehmensberater arbeitet er für internationale Konzerne und war bisher in mehr als dreißig Ländern beruflich tätig. Darunter sind Länder wie Iran, Indien, Sudan, China oder Südafrika. Der Kontakt mit unterschiedlichen Kulturen und deren Menschen haben ihn stark geprägt.

Christoph Nesgen hat drei Kinder und ein Enkelkind, und er bemüht sich, ein begehrenswerter Lebensgefährte zu sein, der an guten Tagen Orientierung, Halt und Zuversicht versprüht. Daneben versucht er sich die Leichtigkeit und den Humor zu bewahren, Sinn und Unsinn ungefragt von sich zu geben und nach Möglichkeit nichts davon zurückzunehmen.

CHRISTOPH NESGEN

reifegrade

eine wortkomposition entlang der äußeren jahresringe

Bibliografische Information der Deutschen Nationalbibliothek
Die Deutsche Nationalbibliothek verzeichnet diese Publikation in der Deutschen Nationalbibliografie; detaillierte bibliografische Daten sind im Internet über http://dnb.dnb.de abrufbar.

© 2017 Nesgen, Christoph
Herstellung und Verlag: BoD – Books on Demand,
Norderstedt
ISBN 978-3-7431-0282-8

Vorwort

Seit der letzten Veröffentlichung, *buchstäblich ungereimtheiten*, sind wieder ein paar Jahre ins Land gezogen. Was ist seitdem passiert? Auf der einen Seite scheint sich die Erde schneller zu drehen, was sich darin zeigt, dass sich zum Atemholen kaum jemand Zeit nimmt. Auf der anderen Seite konfrontieren wir uns insgesamt auf einmal mit Themen, die gesellschaftlich schon lange als überwunden galten.

Dafür sind regelmäßige Windows- oder iOS-*Updates* auf einmal völlig normal. Aber trotz aller persönlicher Betriebssysteme sind Papier und Stift zur Betrachtung der kleinen Feinheiten des Augenblicks weiterhin einfach nicht wegzudenken – wohlgesonnene Konstanten am Wegesrand des Weltenlaufs.

In den Texten zu den »reifegraden« haben mich die Widerhaken des Alltags wieder motiviert, Momentaufnahmen zwischen den Zeilen zu verorten. Dieses Mal mehr gereimt als sonst – ob die ungereimten Kanten langsam abgeschliffen sind? Nicht unbeeinflusst hat mich beim Montieren der Texte für dieses Buch, dass sich einige Parameter meines Lebens entscheidend verändert haben.

So schließt sich der Gedankenzyklus von *auf der suche* über die *buchstäblich*(en) *ungereimtheiten* bis hin zu den *reifegraden*.

Nachdenklich macht mich allerdings in mancher Nacht, in der ich schweißgebadet aufwache, dass die Galaveranstaltung »Leben«, die uns hier unten bis zum Letzten in Atem hält, leider endlich ist. Es ist fast zu schön auf unserer Scholle, um wahr zu sein. Insbesondere wenn der Blick in den Pass verrät, dass der Zenit langsam überschritten ist.

Daher genieße ich es bis auf weiteres, mit den ausgesprochenen und unausgesprochenen Gedankenfetzen täglich jonglieren zu dürfen. Und diese auch weiter zum Besten zu geben.

Eitorf, November 2016

Christoph Nesgen

Kapitel 1: Ouvertüre

Die Ouvertüre ist der kompositorische Teil, der zur Eröffnung oder als Auftakt dient. Die Ouvertüre wird gewissermaßen bei geschlossenem Vorhang gespielt. Der Leser wird mit dem Grundtenor des zu Erwartenden vertraut gemacht und kommt in Kontakt mit besonderen Charakterzügen der Dichtung.

Ein Kaltstart, der nach dem Öffnen des Buchdeckels hoffentlich neugierig macht. Ein leichtes Geplänkel in der Buchstabensuppe.

ich mag die abendmaschinen
nach txl
wenn müde manager
ihre meeting-gewaschenen köpfe
in die lehnen pressen

der flieger halbvoll
melancholie in fünfundvierzig minuten
endlich zeit zwischen
tomatensaft – mit salz und pfeffer?
und
kaffee – mit zucker und milch?
den engen rock
der stewardess
gespannt
zu betrachten

die passagiere dösen
das klicken der
laptoptasten
klavierkonzertartig – saitenlos

… die obligatorische linkskurve
im landeanflug auf txl

schon setzen wir auf
vorbei ist der rausch

weißt du
wie viel sternlein stehen?
weißt du
wie viel ungeschehen
zieht vorbei an meiner hand?

weißt du
wie viel uhren gehen
nach und nach so mit der zeit?
weißt du
wie viel tage drehen
kreise im vorübergehen?

weißt du
wie viel augen sehen
heute trübe schon ins leere?

weißt du
wie viel ohren hören
doch kein rauschen rauer meere?

weißt du
wie viel doch trotz allem schon
zu viel sein kann?

bad hersfeld

bad hersfeld im regen
am ende der westlichen republik
bad hersfeld im regen
zeichen der zeit als replik

die grenze fiel leise
die mauer kracht laut
das leben zu billig
die straße kost' maut

der regen tropft leise
auf nackte haut
bad hersfeld im regen
ist nicht mal mehr laut

Kapitel 2: Exposition

Die Exposition stellt das Hauptmaterial des thematischen Siedepunktes vor. Würde man die strengen Regeln einer Komposition anwenden, so gliederte sich besagtes thematisches Material in Hauptthema, Überleitung und Seitenthemen, die sich im Schlussakkord zusammenfinden. Es mag dem Leser überlassen sein, die Grundtonart für sich zu akzeptieren und die verborgenen Harmonien zu erkennen.

Oft besteht zwischen den Themen der Exposition ein charakterlicher Kontrast. Dieser wird auch Themendualismus genannt.

Bitte sehr!

auf einmal liegt das leben
wie glasscherben vor unseren füßen
was es war, ist mit lautem knall
– nicht zerstört –
schillernd gleich tausend facetten
glitzernder sonnenstrahlen
in dunklen wolken reflektierend

auf einmal liegt das leben
wie glasscherben vor unseren füßen
aus der form sowie aus dem rahmen gefallen
– unwiederbringbar –
verlockende scherben im spiel der farben
begründen sie scheinbar lieblich
die tiefsten schnittwunden aus blut und schmerz

auf einmal liegt das leben
wie glasscherben vor unseren füßen
das zusammenkehren alleine überfordert
– vermischt mit dem staub der zeit –

es verwischt unsere bohrende frage
nach dem »wer hat den ersten stein geworfen?«
zu einem »wie konnte ich es zulassen,
alles auf zwei schultern tragen zu wollen?«

»das unmögliche zu denken,
um das mögliche zu erreichen«

einer jener hundert motivationssprüche
– besser klingend als funktionierend –

die tiefe des augenblicks
in der die zwangsläufige erkenntnis
dass endlich alles richtig ist
von grund auf besitz ergreift
erweitert den eigensinnigen horizont
um das unmögliche

deine liebe

als ich an den stolpersteinen
des alltäglichen ins straucheln geriet
kamen wir uns fast abhanden
in der so plötzlich aufkommenden
sprachlosigkeit des schlecht
synchronisierten herzschlags

die liebe war nie in gefahr
weil sich die frage nie stellte
allein die gebrauchsanleitung ließ
interpretationen zu im
vermeintlich kleingedruckten

auf des messers schneide drohte
der tanz unserer eitelkeiten als
requiem des gemeinsamen
zu scheitern

im schutz der nicht mehr
endenden nacht entwich der
fluch des endgültigen einem
zauber des immerwährenden

benommen vom schmerz
des gewesenen entpuppte sich
der kern unserer liebe als unverletzbar
treibende kraft

noch brennen die wunden
unfassbar schleicht sich schmerz zwischen
jeden atemzug, der zu uns gehört
wie das irgendwann vernarbt sein

lass mich wieder wachsen an deiner
liebe, so herrlich getragen in den tagen
des nicht endenden sommers

feuer

wärst du ein loderndes feuer
ich würde mich verzehren lassen von deiner flamme

wärst du ein stürmisches gewitter
ich würde mich bis auf die haut nassregnen lassen

wärst du ein morgen im sommer
deine strahlen würden in meine haut einbrennen

wärst du ein reißender fluss
ich würde in deinen strudeln ertrinken

um herauszufinden, wie es wohl weitergeht
nach der zeit ohne raum, lautloses gleiten

nur den mut im marschgepäck
den aufprall vor augen

den stich noch im herzen
ohne raum und zeit

Heinrich Heine *meets* Bukarest

Als ich mit dir durch Bukarest zog
Der Stadt wahren Wurzeln entdecken
Mein Blick auch an deinen Augen nur hing
Erwartend deine Küsse zu schmecken

Der Schmelztiegel alt, die Geschichte ist jung
Im architektonisch, postkommunistischen Schein
Trotz aller Tristesse dieser verdammten Zeit
Wollt ich nur in deiner Nähe sein

Wir schauten zuerst den Piata Unirii
Mit seinen gigantischen Bauten
Wir folgten der Straße weiter hinab
Auf die kleinen Kostbarkeiten wir schauten

Die Geschichte der Stadt ist ziemlich verzwickt
Ich lief mir die Fußsohlen wund
Zum Piata Romana lenkt' ich den Weg
Und tat meinen Wunsch dir dann kund

»Meine Holde«, so begann ich verlegen den Satz
»Wir können noch stundenlang schlendern
Doch bevor uns vor Müdigkeit Morpheus besiegt
Möcht ich das Ambiente schon ändern!«

Nachdem wir fast alles historisch geseh'n
Auch vom Neuen ließt du dich berühren
Doch jetzt lass uns endlich ins Hotelzimmer geh'n
Damit ich dich kann endlich verführen

leere

leere –
wo dein herz an meiner
seele lebensader war

kälte –
wo statt deiner wärme
eisiger wind um unsere häuser weht

ich wollte dich nie verlieren
du bist mir zwischen den fingern zerronnen

manchmal fürchte ich
mich vor meinem inneren
abgründen

wenn gletscherspalten
in mir klaffen
und kein ende sichtbar

angst beschleicht mich
wie eine zeitenwende
versickert geschaffenes
im nichts

die erinnerung verschwimmt
sehenden auges

ob du mir nah bist

ob du mir nah
bist, erläutert
sich nicht

an der frage
scheiden
sich die geister

ob du noch fern
bleibst, entscheidet
sich wohl
am ausgangspunkt

trittbrettfahren heißt
festen halt
im fahrtwind
spüren zwischen
stationen, deren
bahnsteige festen
halt verwehren

vermissen

weißt du
dass du in meine seele ein samenkorn gepflanzt hast
jede deiner berührungen
jede deiner zärtlichkeiten
jedes deiner worte
lässt es wachsen

weißt du
dass du in mein herz eine wunde geschlagen hast
jede deiner berührungen
jede deiner zärtlichkeiten
jedes deiner worte
verspricht keine heilung

noch ist die pflanze
ungeschützt den weiten des alltags ausgeliefert
jedes zerren des windes reißt an den wurzeln
so schmerzhaft, doch tief eingegraben

noch ist der schmerz
schlag für schlag offensichtlich
vernarbte herzen zur
gefühlslosigkeit verdammt

spende der zarten pflanze schutz
im angesicht deines lachenden blickes

pfleg die klaffende wunde
im spiel deiner hände

sobald der zarte baum erste rinde bildet
ritze ich unsere namen hinein

sobald heiße tränen im herzriss brennen
lege ich dir unsere zukunft zu füßen

wenn der zweifel bohrt

wenn der zweifel bohrt
kommt nichts mehr ins lot
im schatten der nacht nur eiseskälte
der zuversicht den weg versperrt

wenn der zweifel bohrt
fallen keine steine vom herzen
im dickicht des tages kommen nebelschwaden
gehüllt aus dem tritt

wenn der zweifel bohrt
ist schwimmen gegen den strom
der angst dem lächerlichen
täuschungsmanöver ergeben

wenn der zweifel bohrt

wenn sich die leise
stimme tief in dein
hirn geschlichen hat
mit lustvollen worten

flüsternd die gedanken
vor sich treibt wie
wolken über den blauen
sommerhimmel bewegt wie
von geisterhand

das unerhörte versucht
den platz im alltag zu verdrängen

wenn die leise stimme
frech an deine tagträume
appelliert und für einen
moment sehnsucht nach
bodenlosem fallenlassen weckt

wortlos

du wortlose
die mir silbe für silbe
den verstand buchstabiert

du wortlose
die mir stück für stück
den weg erleichtert

du wortlose
die mir hals über kopf
die ohren betäubt

du wortlose
die mir früher oder später
die sinne berauscht

du wortlose
die mir nichtsdestotrotz
die hände hält, wenn es kalt
und dunkel
und die hoffnung
sich davon gemacht

ist kein fundament zu klein
im erkennen des horizontgeflackers
des sprachlosen verstehens

du wortlose
die mir zwischen den zeilen
der handlinien liest

du wortlose
die mir endlich den krieg erklärt

du wortlose
die mir – koste es, was es wolle – soviel erspart

du wortlose
in den atempausen verstehe ich
jede intention deiner seele

du wortlose

nach paris, ankara, istanbul, brüssel und …[1]

wenn wir uns dem
sekundentakt der vermeintlichen anschläge
– verursacht durch die tastaturen der ewiggestrigen
brandstifter im eigenen land –
für einen moment des atemholens entziehen

sind die brandsätze des hasses
im keim zu ersticken

wenn wir den
hausgemachten reduzierten anschauungen
des weltgeschehens
– aufbereitet in simplifizierten
gleichungen komplexer gebilde –
auch nur für einen wimperschlag erliegen

sind die sprengsätze der ideologien auf einmal
nicht mehr nur an flughäfen vorzufinden

die arche europa schwankt –
angeschlagenen schwachen seelen mag der geist verwirrt
durch aufkommende seekrankheit

neue kontinente entdeckt nur der
der sich auch in schweren gewässern behauptet –
da zeigen sich die wahnfantasien krampfhaft
übergebender besserwisser schnell auf dem boden
schwankender planken

---
1 Erstveröffentlichung: *Bibliothek Deutschsprachiger Gedichte. Ausgewählte Werke XIX*. Preisträgergedicht, 2016.

im wellental der neuen realitäten
scheint wenigstens nur für einen moment
mal – atemholen – eine idee zu sein

lebensmüde

lebensmüde bin ich noch lange nicht
auch wenn jahresringe sich
vom lauf der zeit getrieben
wie mühlsteine um den hals legen

lebensmüde bin ich noch lange nicht
auch wenn zeichen der zeit
sich unausweichlich direkt hautnah
in altersflecken zeigen

lebensmüde bin ich noch lange nicht
auch wenn die glocken der endlichkeit
scheinbar todsicher den weg in die
unvermeintliche einbahnstraße zeigen

weder lebensmüde – noch todeswach
weder hände im schoß – noch hals über kopf
harre ich der dinge
die da kommen

der unausweichlichkeit der mühlsteine
am ende begegnend

bevor der zauber sich verfängt
in der morgendämmerung

bevor die lust sich vergeht am sonnenaufgang
noch brennt meine haut nach deiner berührung

noch liegt dein geschmack auf der zunge

wir sind uns aus den händen geglitten
weil wir uns nicht satt fühlen konnten

wir sind aus der fassung geraten
weil wir uns haltlos hingegeben haben

wir haben uns an den händen gehalten
weil wir gemeinsam gesprungen sind

wir sind uns in die nase gestiegen
weil wir den körpern raum gegeben haben

bevor die schwerkraft des tages einzug hält
der zauber der nacht sich im sonnenlicht verflüchtigt

brenne ich darauf, ein stück
dieser nacht zu bewahren
damit du mir im sinn bleibst

dub airport, »the gate clock bar«

reist du davon, ist das heimweh
schon an den nieren
je vertrauter die menschen
desto überraschender das loslassenmüssen

ein letzter blick
den dubliner akzent im ohr
die bordkarte ist unerbittlich mit ihrer *boarding time*
sich am glas festhalten – schon das dritte, letzte –
sich berauschen an der irischen seele

und die sorge
sie auch ja wiederzufinden

endlich

wie das pendel schwung verliert
– aus hin und her wird bleiben –

wie eine welle ausrollt
– die brandung wird zum rinnsal –

wie ein letzter ton verklingt
– die schwingung wird zur linie –

endlich jede bewegung

endlich jeder schlag

endlich jede biegung

endlich jeder tag

Kapitel 3: Reprise

Mit der Wiederkehr des Hauptthemas setzt die Reprise ein. Als leichte Veränderung der Exposition. Die möglichen Spannungen zwischen den Themen werden aufgehoben. Eventuell vorhandene Konflikte zwischen Themen erscheinen im Sinne einer Annäherung als gemildert.

Der Buchstabenbrei trifft auf seine Grenzen.

entrückt

entrückt von den wirklichen gedanken
ertasten fingerspitzen deinen rücken –
streichen sanft
über glatte haut, während der tag
vor deinen augen verschwimmt

nur der rhythmus des atmens
aus festhalten und loslassen
wellenartig durch deinen körper fließt
wie die brandung am seichten uferstrand ausrollt
für eine sekunde stillzustehen scheint

doch unaufhaltsam zurück ins meer rollt
während du unter dem streichen der hände
sanft hinübergleitest in den zustand
irgendwo zwischen nicht mehr wach
und noch nicht schlafen

nur die zeit verfliegt sekundenartig zu
augenblicken spürst du dem spiel der hände nach
mit dem wunsch nach nicht enden
wollendem spiel der hände im einklang
mit deinen im strudel der müdigkeit nicht

festzuhalten vermögenden gedankenfetzen
im kopf als zeitlose schwerelosigkeit

nur das wohlige gefühl als melange von wärme
und lust reißt dich aus diesem zustand

zu weit entrückt der wirklichen
gedankenwelt

flucht

wir fliehen uns zu weit davon
kann man sich die finger verbrennen
beim herausholen der heißen kartoffeln

brennt der boden unter den leisen sohlen davon
bekommt man höchstens eine wunde
stellenweise zerplatzt seifenblasenartig
der fluchtgedanke

herzensangelegenheit

als du mein leben berührtest
solltest du es als eine fremde tun
weil ich mich nicht im gestrüpp am wegesrand
verfangen wollte

als du meine wange berührtest
beim ersten scheuen kuss
wich das nie gewesene
der absoluten vertrautheit

mein herz ist zu deiner wohnung
meine seele zu deiner zuflucht geworden
als du meine hand berührtest
schärften sich meine sinne

ich begann die welt neu zu begreifen
als du in meinen armen lagst
verwirrt von der kraft der gefühle
sah ich die welt mit anderen augen

du liegst mir im herzen und
von zeit zu zeit auf der zunge

du brennst mir unter den nägeln
machst mich süchtig nach deiner lust

du lässt mich mein mannsein neu spüren
lässt in deinem frausein
neue begierden der lust entfachen

du legst dich in meine hände
während du dich mit dem mut
eines *bungee jumpers* einfach fallen lässt

mit der sicherheit des fangseils im nacken
prallst du auf meine wirklichkeit
unter dem brückengeländer unserer
schluchtüberquerung

neubeginn

es wirklich zu wagen
die gedankenkonstruktion zulassen
in konturen des wirklich werden
spürbar in bildern
und tönen

es wirklich zu wagen
im zurücklassen das vertraute zeigt
sich von seiner besten seite
wirklich lacht der zweifel schadenfroh hinter jeder
ecke

es wirklich zu wagen
noch wackelig die schritte
verhallen rückwärts gewandt
sind die farben noch feucht auf dem
bild erkennen im spiel
neuer farben

Cogitare contra sentire?

Die Frage bleibt unbeantwortet, ob die Lust des Abends davor sich aufwiegen lässt gegen das Gefühl des Morgens danach. »Nun«, sagt die Vernunft, »jetzt siehst du, was du davon hast!«

Die Lust, die sich in dieser besonderen Konstellation als siamesischer Zwilling der Zuneigung nicht direkt angesprochen fühlt, hat die Antwort auf der Zunge. So köstlich war der Nektar, den sie aufgesogen und im Innersten des neurowissenschaftlichen Konstrukts, das wir bis auf weiteres Gehirn nennen, verankert hat: »War es das wert?«, pocht die Vernunft an die Tür des Gewissens. Das Gewissen ist gespalten zwischen Charakterstärke und Gefühlsduselei.

Das Schlechte an sich fordert seinen Raum und lässt anderen schwer in die Augen sehen.

Das Gute meint es gut und erinnert an den Wert der Freundschaft. Die Vernunft hat ihre Berechtigung, das will ihr keiner streitig machen. Und das Herz pocht schnell – ob aus Angst oder Neugier –, aber in der festen Absicht, das Land der Lust zu entdecken. Mit voller Wucht erwacht und doch ein Stück reifer und weiser und gewachsen. Das Bild seit Jahrzehnten im Herzen ist begreifbar geworden. Ob sich uns dieser Sinn je erschließt?

unbekannt verzogen

wenn das herz sich verschlägt
taktlos der gute ton

wenn das hirn sich verwindet
sinnlos den klaren geist

wenn das bild sich vermalt
farblos die exakte struktur

wenn die sehnsucht
sich sucht

wenn der fluchtpunkt
sich verflüchtigt

das lachen versteinert
das leben macht ernst
erkannt die erkenntnis

vom leben danach als wieder
nur ein davor
doch unbekannt verzogen

zeitpunkte (für aristoteles und augustinus)[2]

als ich aristoteles begriff
dass zeit als maß von bewegung
zwischen davor und danach

ergründete augustinus
mein denken auf der suche nach der ausdehnung
des nichtexistenten augenblicks

während des gedankengangs verfliegt das
jetzt schon
zum gewesen

so wie das leben
vom hier
zum verwesen

ob dieser zeitpunkt einzigartig lebensnah?

zerfließt das jetzt unwiederbringbar
in ein gewesen?

---

[2] Nach nächtlicher Lektüre von Aristotels' *Physik* und den *Confessiones* von Augustinus.

ich frage mich von zeit zu zeit

ob die retter des vermeintlichen abendlandes
tatsächlich ahnungslos über
luthers fünfundneunzig thesen

dann wirklich per *whatsapp* in die hirne ihrer
schafe chip-ähnlich eingepflanzt?

ob die retter des vermeintlichen abendlandes
tatsächlich wehrlos den
zehn geboten ausgesetzt

als nutzungsbedingungen mal
kreuzweise gekonnt?

am *vater unser* scheiden sich naturgemäß die geister –
beim *agnus dei* schleicht sich die erleuchtung geistreich unter
den scheffel –
während diese beim *dona nobis pacem* gestenreich im halse
steckenbleibt

miserere cordia – was das wohl heißt …
als inschrift des rettungsrings

halt mich
wenn ich wieder mal
den blick für das wesentliche
hinter mir lasse
weil das unaussprechliche
mir quer durch den kopf dröhnt

halt mich
wenn ich wieder mal
den hals nicht voll bekomme
im verschlucken
weil das unausweichliche
mir ungebremst auf die füße fällt

halt mich
wenn ich wieder mal
das kleingedruckte überhöre
wenn es darauf ankommt
weil das unausgesprochene
mir schrill ins gewissen schreit

halt mich
wenn ich wieder mal versuche
in den fußnoten des alltags
das horoskop im verschütteten
kaffeesatz zu lesen

wartezeit

auf dich allein gestellt
erkennst du endlich
hinter türen spiegelschränke
mit dem abgelegten

auf dich allein gestellt
versuchst du wohlweißlich
zwischen räumen
zeiten mit dem kantigen

auf dich allein gestellt
gestellt allein

sonntagabend

noch trunken vom gefühl
der nachmittagssonne
schneidet der koffergriff tief
in die hände

war ich zu streng
zu gemein zu mir

selber doch auf dem weg
verliert der gedanke tage
getürmt zu gebirgen am
aussichtspunkt immer nur nebel

sonntagabend oder am vorabend der revolution

einsamkeit

das ticken der uhr als akustisches
perpetuum mobile
ist bedrohlicher
als die weiße wand
die meinen augen
divergierende konturen als entdeckungsreise
abverlangt

als ich den klang deines namens hörte
phonetisch gehaucht aus einem anderen mund
durchfuhr mich kalt ein gewaltiger schlag
doch der verstand reagierte schützend: »na und?«

auch dieser vergaß, die tür zu versperren
der klang geriet buchstäblich zum wort
und drang immer tiefer in mich hinein
er riss die gedanken weit fort

die vernunft vermag zwar dämme zu bauen
der leidenschaft früchte zu neiden
im innersten steht als verlierer sie da
ist sie doch die quelle der leiden

»was nicht sein darf, das war nie«, so flüstert sie laut
sie scheint sich ja auszukennen
»was man nicht sein darf, das treibt mich«, so lästert wer laut
das scheint tief in mir zu brennen

der weg des lebens ist knapp bemessen
natürlich auch voller steine
die erinnerung nehm' ich als wegzehrung mit –
die teil ich mit mir ganz alleine

aber du kannst malen –
aus der unendlichen fülle der
farbkompositionen neue und
neue vermischen

aber du kannst malen –
selbst der endlichkeit des
gesetzten rahmens darüber
hinaus zu entfliehen

aber du kannst malen –
strich-weise verspielt mit
tupfern der unendlichen fläche
konturen abzuverlangen

aber du kannst malen –
zarteste formen des abdrucks
deines hand-werks
ins bild gesetzt

mir bleiben nur
die worte
aus den gleichen sechsundzwanzig
buchstaben wieder und wieder
montiert

verdrehen sie sich sinn
los geht dynamik
zur langsamkeit auf den
punkt am ende gekommen

drehen sie sich im kreis
da sie nicht fassen können
in sechsundzwanzig formen
was mir durch den kopf geht

welche wege

welche wege führ'n zum glück
konsequent nach vorn oder doch zurück
kein kompromiss hält, was er verspricht
welche wege führ'n zum glück

welche wege führ'n zum glück
zwei nach vorn und einer zurück
keine frage, die antwort gibt
welche wege führ'n zum glück

der lauf der dinge geht geradeaus
jeder bettler sucht ein zuhaus'
keine antwort nur so gesagt
der lauf der dinge geht geradeaus

nur der tod ist vorbestimmt
auf der straße weint ein kind
und der schall verhallt im nichts
nur der tod ist vorbestimmt

welche wege führ'n zum glück
der nach vorn oder der zurück
nur der tod ist vorbestimmt
welche wege führ'n zum glück

beziehungsweise

beziehungsweise – leise
legt sich ein funken wahrheit
zwischen dich und mich
und zeigt im
licht des neuen tages unsere spuren

beziehungsweise – leise
wirft doch ein schatten spiel
konturen unsrer selbst
auf wände
eines lebenslabyrinths gezeichnet

beziehungsweise – leise
legt sich geheimnisvoll
ein schicksal ungeschützt in deine hand
faszinierend glitzernd – raureif überzogen –
den schutz der morgensonne suchend

beziehungsweise – leise
regt sich der funken wahrheit
zwischen dir und mir
und leuchtet
spurlos auf die täglichen unwegsamkeiten

beziehungsweise – leise
reimt sich
das unausgesprochene
mit unerhörter feinsinnigkeit
schrittweise nach vorne
– manchmal entsteht daraus blindes vertrauen –

beziehungsweise
sichtbar wird der
dünne pinselstrich
eines begonnenen bildes
– leise
also einfach unerhört …

südafrika

kontinent voller gegensätze
gebaut auf roter erde
unter brennender sonne
versengt die zuversicht
an den klippen des
kaps zerschellt
die gute hoffnung

spätestens jetzt
gilt es mal einzustehen
für den wertekanon
der uns seit ein paar jahrhunderten
ein sehnsuchtslied im
seelenheil vordudelt

spätestens jetzt
gilt es mal aufzustehen
für das leitbild
das uns seit dem tausendjährigen
als erbe im
gewissen verankert

die simplifizierung der
weltfragen auf
bildzeitungsformat
widerspricht
der validität jeglicher
komplexitätsreduktion

es mag sein
dass die probleme im morgengrauen
des alltags schlagzeilenartig
leichter verdaulich

die spätfolgen liegen
zeitlos im magen
ganz unverdaulich
vor sich hin blähend

intermezzo

was du siehst in deinem traum
ist der tiefe zwischenraum

was du hörst zwischen den zeilen
kann in gedanken sich verkeilen

was du fühlst unter der haut
nur der sehnsucht anvertraut

was du sagst kann auch erschrecken
lachen bleibt im halse stecken

fällt wortwörtlich aus dem mund
tut es dann der welt doch kund

drum träum den tiefen zwischenraum
behalte deine welt im zaum

most and more

wenn der most im glase gärt
und kleine bläschen sprudeln
der trunk'ne seine blase leert
er kommt dabei ins trudeln

die nacht ist kalt – es riecht nach schnee
der mond hält sich verborgen
schon leicht gefroren ist der see
es ist gleich kurz vor morgen

der trunk'ne steht am pissoir
verwandelt wein zu wasser
er denkt: »was ist und was mal war« –
gedanken werden blasser

der alkohol besitz ergreift
von seinem reifen hirne
er nimmt, bevor's zu bette geht
noch einen schnaps aus birne

berlin

lange geteilt
nie wirklich verheilt
sich dran aufgegeilt
dann völlig verpeilt
zwischendurch mal enteilt
am wannsee verweilt

bist du noch gescheit
fällst hier und da aus der zeit
hältst bert brecht noch bereit
so nah und so weit

so lange zerteilt
du giltst nicht als geheilt

friedrich nietzsche reduziert

als zarathustra sein »also« sprach
spiegelte sich die erkenntnis
im schweiße des angesichts

ging jeder zum weibe
mit der peitsche?
im sinne einer fröhlichen wissenschaft
erscheint doch die polarität
zwischen dem apollinischen und
dionysischen als wahre geburt der tragödie

als zarathustra sein »also« sprach
erwies er dem zeitgeist die ehre
auf dem sockel der eitelkeiten

gott scheint toter denn je
im focus des *ecce homo*
weil die welt jetzt reflektiert
wie man wird was man ist
beim fallenlassen moralischer schranken

hätte nietzsche den eingriff in den
gencode selbst auf dem weg
zum übermenschen
nicht mit einem einfachen
also sprach zarathustra
abgenickt

irgendwann

irgendwann musst du gehen
es gibt kein zurück

irgendwann ist es aus
das lebensglück

irgendwann rückt sie näher
die aufschrift »ende«

irgendwann ist es da
das lebensende

fortgerissen

fortgerissen in gedanken
bleibt da auch eine wunde
stelle zurück

schauen mit einem fahlen geschmack
auf der zunge

fortgerissen in gedanken
halten die schritte nicht mit
einander ist
es dann verlorene zeit

im salzigen wind
die haare zerzaust

sand reibt spürbar
zwischen den zehen
als mühlstein
der zeit

wenn heute die welt unterginge

pflanzte keiner mehr ein apfelbäumchen
da sich viele im ernten des vergehenden verzetteln
statt der ewigkeit verwurzelt
paroli zu bieten

das hier und jetzt
als goldenes kalb umtanzt
erstickt das
was könnte sein
am ende aller dinge

der faule apfel zergeht
am kerngehäuse zukunft

wenn heute die welt unterginge
wäre panik statt paroli
das mittel der wahl

Kapitel 4: Coda

Der Schlussteil, in dem meist aus dem Hauptthema des Thematischen eine Steigerung erfolgt, die dann zu Ende gebracht wird. Kurz zwar, aber kein Anhängsel. Eher ein Schlusspunkt.

Manchmal reifen Worte über lange Zeit, bevor sie dann mit ein paar Federstrichen scheinbar leicht aufs Papier gebannt werden. Manchmal müssen sie sich durch den tiefen Stein der Erinnerung ihren endgültigen Weg suchen.

jahrgang einunddreißig

zu jung für des führers pimpfengarde
stand er dann dennoch seinen mann
der krieg hält heut uns noch in schach
wie wut doch überleben kann

flakhelfer blieb ihm dann erspart
das hungerleiden später nicht
mit deutscher gründlichkeit sodann
aufs aufarbeiten nie erpicht

die bilder müssen schrecklich sein
die so präsent sind heute noch
vom bombenhagel feuerschein
die luft nach vielen toten roch

es scheint als hätte wer den schrei
aus tiefster seele fortgestrichen
erstickt im staub der nachkriegszeit
als traumata dann pflichten wichen

im volldampf durch die fünfziger
die alten bilder fest verschlossen
im rausch durch diese neue zeit
er hätte es so gern genossen

zu viel verdrängt in all den jahren
wenn hass zerfrisst der seele fundament
in dunklen träumen allzeit vorhanden
meist suchend wer wohl antwort kennt

die grandios verpassten chancen
von fragen in den raum zu stellen
nebst themen in die hand zu nehmen
doch nicht am schicksal zu zerschellen

es fällt mir schwer in diesen tagen
die schon gezählt am wegesrand
zu sagen was ich lang vermisst
verstehn welch feuer in dir brannt

stets scheint das streichholz eine lunte
der alten themen explosiv
zum zündeln dabei bringen kann
es knallt schon mal – ganz exklusiv

du lehrtest mich den lauf der dinge
allzeit kulturell korrekt zu seh'n
gepaart mit toleranz und würde
auch aufeinander zu zu geh'n

ich wünsch dir auf der lebensstraße
die einbiegt auf den boulevard
jetzt endlich keine roten ampeln
und lass jetzt los, was einmal war

auch wenn noch viele mühlenflügel
dich reizen don-quijote-gleich
lass sie doch dreh'n im abendlicht
genieß die sonnenglut so reich

der jahrgang neunzehneinunddreißig
trägt viel noch am gepäck der zeit
jedoch die last wird leichter nicht
erkennt die chance, die euch befreit

angekommen

zwischen dem strapazierten »hier und jetzt«
als resultat aus »es war einmal«
mit zukunftsaussichten im »was wohl wird«
vergehen die momente
unwiederbringbar

gerade angekommen
entgleiten sie
im sekundentakt

sehr geehrter herr selbstmordattentäter

I

da gehst du also fröhlich mit sprengstoff umschlungen
dabei lächelst du forsch in die kamera
hast du je mit deinem schicksal gerungen
oder war dieser wunsch immer da?

dann stehst du also in der menschenmenge
nuschelst was wie »…hu akba« und ziehst an der leine
es kracht ziemlich laut – vierzig leute sind tot
und das ist das wirklich gemeine

du stellst dich nicht einer einzigen frage
wer dir die macht über den tod hat gegeben
wenn der schöpfer beseelt von dieser ideologie
wieso hat er geschenkt dir das leben?

du ziehst deine glaubensbrüder mit in den tod
nimmst keine rücksicht auf solchen verlust
das müsstest du mir mal wirklich erklären
ist das ein befehl oder macht es nur lust?

bevor du wirklich an deinem gürtel ziehst
verschwende mal kurz den gedanken
wenn es den großen boss nun gar nicht gibt
käm' dann dein weltbild ins wanken?

wenn morgen ein attentäter schneller wäre
und erschießt dein kind mit hundert andern
sagst du »so ist's halt, was soll das geheul
es kann im paradies jetzt wandern«?

hast du mal dran gedacht, was macht deine frau
die dich heute noch täglich verehrt
willst du wirklich, dass sie einen anderen liebt
der sie lüstern und geil dann begehrt?

wie erklärst du deinem kind deine seltsame tat
wem soll es denn jemals vertrauen
wenn sein vater die familie verlässt
für eine handvoll virtueller jungfrauen?

II

und wenn der letzte atemzug vollbracht
das letzte testament gemacht
träum ich – naiv mag's sein –
von der überfahrt in einer barke

da sitz ich dann auch nicht allein
dem letzten sonnenuntergang entgegen
wohl mit denen, die in der sekunde
den letzten odem ausgehaucht

ob jude, moslem oder christ
buddhist, hindu auch atheist
gemeinsam auf dem weg
zu neuen ufern

und wer erwartet uns am steg?
wer weist uns dann den wahren weg
am ende aller dinge?

wer küsst uns auf die stirn zum gruß?
wer weiß es – was du wissen musst?
wer hält die hand auf schützend?
sagt – war denn die absicht gut?
doch jetzt bist du da

ist denn entscheidend das bisschen
handschrift im gezeitenlauf?

geständnis[3]

ich gestehe – heute –
meinen anteil an deiner
gefühlsmäßigen gefangennahme

ideologisch war ich dein sympathisant –
jederzeit bereit, auf dein herz zu zielen
oder wenigstens ein hemmungsloses
attentat rund um den kleinen tod zu
verursachen

ich gestehe – endlich –
meine schuld an deiner
unheilbaren sucht

kein ultimatum scheint
lustvoller zu verstreichen –
kein lösegeld wird
dankbarer übergeben

ich gestehe – hiermit –
selbstschuldnerisch meine lebensgeschichte
und bitte …
um lebenslänglich mit dir

---

[3] Erstveröffentlichung: Bibliothek Deutschsprachiger Gedichte 2015. Ausgewählte Werke XVIII. Preisträger Gedichtwettbewerb, Realis Verlag, 2015.

Kapitel 5: Postludium

Die freie Komposition am Ende.

Das Nachspiel.

Das augenzwinkernd Vorgetragene zum Schluss, das sich in kein Schema pressen lässt. Weil es vielleicht ein wenig zu unverschämt und unerwartet den Rahmen sprengt.

lästereien

wie herrlich ist es
völlig unbeteiligt
bis über beide ohren
von den lästereien
der im zugabteil
gegenübersitzenden
gefangen zu sein

wenn sich im sumpf der
zwischenmenschlichen
unzulänglichkeiten nur
watend ein weg zu bahnen
scheint

wenn kein gutes haar am
unbekannten dritten
gelassen
während engelszungen gleich
die rettung des kleinen kosmos
allein den geistesblitzen der
protagonisten vorenthalten
bleibt

wenn lug und trug
im enttäuschtsein des
tagesrhythmus einfach
dem einen oder anderen
wehrlos in die schuhe geschoben
werden kann

dem fluss der energie folgend
im augenverdrehen den wirklichen
perspektivwechsel

dann wird jede minute verspätung
zum geschenk des himmels
um der hölle der grabenkämpfe
noch ein paar randnotizen
abzugewinnen

was du lästernd fügst dem anderen zu
gibt deiner seele endlich ruh

fröhliches erotisches epos

unter deinen unter deinen rock geschaut
hab' ich mich einmal getraut
was sah ich da – wie wunderbar
nylon überspannte haut

machtest dann die beine breit
unter deinem engen kleid
was sah ich da – wie sonderbar
schwarzen stoff soweit

hatte lust, dich anzufassen
konnte es dann auch nicht lassen
was tat ich da – war sonnenklar
schärfste frau in allen klassen

fühlt ich deine schenkelseiten
ließ die hände höher gleiten
was fühlt ich da – wie wunderbar
den saum des strumpfs an beiden seiten

den rock schob ich dann immer weiter
und du machst die beine breiter
was tatst du da – das war klar
das wetter war ja schön und heiter

Kapitel 6: Aus dem Romanfragment
Weitere Aussichten – nicht vorhersehbar

Aus dem Romanfragment *Weitere Aussichten – nicht vorhersehbar*

I.

Robert ist acht, als sein Vater stirbt. Vater war wie immer morgens zur Arbeit gegangen. Auf einmal war seine Tante Charlotte morgens in der Schulklasse erschienen, hatte kurz mit der Lehrerin gesprochen und ihn dann gebeten, seine Sachen zusammenzupacken und mit ihr zu kommen. Tante Charlotte weinte wortlos. Sie fuhren in Tante Charlottes grünem Auto nach Hause. Dort saßen Roberts Großeltern am großen Küchentisch, auf dem noch das Frühstücksgeschirr stand. Er fragte, was denn los sei, doch sie starrten nur wortlos vor sich hin. Dann stand Großvater auf, nahm Robert in den Arm, drückte ihn an sich und sagte mit heiserer Stimme: »Robert, dein Vater ist tot!« Robert verstand nicht, was Großvater zu ihm sprach. Vater war wie immer am Morgen zur Arbeit in die Kanzlei gegangen. Sie hatten noch zusammen am Frühstückstisch gesessen, so wie jeden Tag. Er hatte, die Zeitung lesend, an seiner Kaffeetasse genippt und kurz den Wetterbericht vorgelesen. Seine Mutter hatte wie immer das Pausenbrot für ihn geschmiert und in die violette Butterbrotdose gelegt. Robert hatte sich danach von seinen Eltern verabschiedet und auf den Schulweg gemacht.

»Robert, dein Vater ist tot!«, wiederholte sein Großvater. Robert sah ihn entgeistert an und lief in sein Zimmer. Er schmiss sich auf sein Bett und wiederholte langsam die Worte: »Dein Vater ist tot!« Er verstand nicht wirklich, was diese Worte in ihrer Endgültigkeit und Konsequenz bedeuteten. Wieso war sein Vater tot? Und wo war eigentlich seine Mutter?

Robert erinnert sich nicht gerne an diese Zeit. Und ab dem Moment, in dem Mutter dann weinend nach Hause kam, sind die Ereignisse nur noch wie Standbilder in seinem Gedächtnis verhaftet. Wie in einem Fotoalbum, in dem Seite für Seite Erinnerungen alter und vergangener Zeiten fixiert sind. Dem Betrachter immer und immer wieder die gleichen Bilder in der eingeklebten Reihenfolge zeigend: Mutter in schwarzer Kleidung, ein blumengeschmückter Sarg in einer Trauerhalle, Kerzenflammen in einer Schale mit flüssigem Öl schwimmend, das offene Grab, Roberts Tanten und Onkel mit Tränen in den Augen und mit zerknüllten Papiertaschentüchern in den Händen.

An viel mehr aus dieser Zeit kann Robert sich nicht erinnern. Er weiß noch, dass seine Mutter nach dem Tod seines Vaters wieder ganztags arbeiten musste. Die ewig langen Nachmittage, an denen er auf seine Mutter wartete, bis sie aus dem Institut nach Hause kam, sind ihm unauslöschlich im Gedächtnis geblieben.

Als Robert zehn wurde, zogen seine Mutter und er in einen anderen Stadtteil. Er besuchte nun die weiterführende Schule, und seine Mutter hatte einen kürzeren Weg zur Arbeit. Die Nachmittage wurden auch kürzer, da Robert mit den Hausaufgaben oft so lange beschäftigt war, bis seine Mutter nach Hause kam. Robert war ein guter und fleißiger Schüler. In den Sommerferien nahm sich Mutter vier Wochen Urlaub am Stück, und sie verreisten mit dem alten Ford Transit, den der Großvater seiner Tochter überlassen hatte. Robert genoss die gemeinsamen Reisen. Nicht nur, dass er fremde Städte, Länder und Menschen kennenlernte. Nein, am meisten genoss er die Zeit, die er gemeinsam mit seiner Mutter verbringen konnte, wenn sie abends vor einem Hotel oder vor ihrem Zelt saßen und Mutter ihm von seinem Vater erzählte:

Wie sie ihn in den sogenannten wilden fünfziger Jahren beim Tanztee kennengelernt hatte. Wie Vater ihr die ersten Liebesbriefe geschrieben hatte. Wie sie mit Vater auf einem klapprigen Motorrad durch die Stadt gefahren war und wie schließlich Vater um ihre Hand angehalten hatte. Vater in Lederjacke, mit pomadefrisiertem Haar auf einem Motorrad, was für eine seltsame Vorstellung für Robert.

Sie fanden meistens nur in Roberts Sommerferien die Zeit, sich intensiv über Vater zu unterhalten. Natürlich gingen sie regelmäßig auf den Friedhof, pflanzten Blumen oder schnitten die Sträucher zurecht. Sie zündeten jedes Mal eine Kerze an.

Eines von diesen roten Grablichtern, bei denen sich Robert jedes Mal fragte, ob diese in rotem Plastik eingefassten Kerzen auch wirklich vierundzwanzig Stunden brannten. Nachprüfen konnte er es nie. Und doch verblassten im Laufe der Jahre die Erinnerungen an seinen Vater.

Umso intensiver nutzte er die Zeit, in der er seine Mutter für sich hatte, um sie immer und immer wieder nach Vater zu fragen. Auch seine Mutter liebte die Zeit der Ferien, in denen sie gemeinsam mit ihrem Sohn die Erinnerung an ihren Mann teilen konnte. Manchmal weinten sie beide gemeinsam.

Mutter sagte oft, dass es ihr am schwersten gefallen sei, kein Wort mehr mit Vater reden zu können, nachdem sie von seinem Zusammenbruch erfahren hatte. Er sei wie immer in die Kanzlei gefahren, habe sich auf einen Termin mit einem Klienten vorbereitet und sei dann einfach am Schreibtisch zusammengebrochen. Seine Sekretärin hatte ihn so vorgefunden, habe direkt den Notarzt gerufen und Mutter dann informiert. Als

Mutter das Krankenhaus erreicht hatte, in welches man Vater eingeliefert hatte, war er schon gestorben gewesen.

Am schwersten fielen Robert immer die ersten Wochen nach den Ferien. Wenn die Schule wieder begann und seine Mutter wieder ins Institut musste. Nur selten fanden er und seine Mutter dann Zeit, intensive Gespräche miteinander zu führen.

Mit sechzehn Jahren fuhr Robert während der Sommerferien mit einer Jugendgruppe in ein Zeltlager. Es war das erste Mal, dass er ganz alleine, ohne seine Mutter verreiste. In den ersten Tagen litt er fürchterlich unter Heimweh. Nach einer Woche fand er Spaß am Zusammensein mit den gleichaltrigen Jugendlichen. Kurz vor der Abreise überkam ihn das erste Mal dieses Gefühl von Melancholie, das sich kreisförmig in der Magengegend beginnend ausdehnt und schließlich den ganzen Körper einnimmt. Als sie mit dem Bus am vereinbarten Ankunftsort ankamen, erwartete seine Mutter ihn. Für einen Moment beneidete er die Jungen und Mädchen, die von zwei Elternteilen abgeholt wurden. Doch er umarmte seine Mutter, und sie fuhren nach Hause. Schließlich war er froh, wieder zu Hause zu sein.

So vergingen die Jahre von Roberts Jugend. Nach dem Abitur begann er in der Stadt zu studieren: Medizin. Mit seinem guten Schulabschluss war es kein Problem gewesen, direkt einen Studienplatz zu erhalten.

II.

Anna will Fotografin werden. Mit zehn Jahren hat sie von ihren Großeltern eine echte Kamera geschenkt bekommen. Anna hatte sich zu Weihnachten eigentlich ein neues Fahrrad gewünscht. Sie war verwundert, als Großvater ihr ein rechteckiges Paket in die Hand drückte. Das leise Gefühl der Enttäuschung trieb ihr heimlich die Tränen in die Augen. Sie bedankte sich artig und öffnete das Paket: Darin lag, in einem Karton, ein Fotoapparat. Eine echte Spiegelreflexkamera. Großvater zeigte ihr, wie man den Film einlegt und den Apparat halten, welche Einstellungen man wählen und welchen Knopf man drücken muss, um Fotos zu machen. Später zeigte Großvater ihr, wie sie die Bilder in seinem kleinen Fotolabor selber entwickeln konnte.

Anna liebte ihren Fotoapparat. Und sie liebte es, Bilder zu machen. Erwähnenswert ist, dass sie nach kurzer Zeit die Fähigkeit entwickelte, von vornherein die richtigen Motive für ihre Aufnahmen auszuwählen. Ob Landschaftsaufnahmen, Portraits ihrer Familie oder besonders interessante und bisweilen komische Situationen des Alltags: Alles bannte sie auf ihren Film. Jedes Mal empfand sie es als spannendes Abenteuer, wenn die Bilder, nachdem sie den Film in den verschiedenen Bädern getränkt und getrocknet hatte, schließlich langsam in dem roten Lichtschein der Leuchte in Großvaters Dunkelkammer sichtbar wurden.

Anna begann, die Welt zunehmend mit den Augen eines Kameraobjektivs zu betrachten: Sie erkannte mit einem Blick fotogene Details an einem Bauwerk und ihr gelang es, den richtigen Augenblick für eine Portraitaufnahme auch ohne Kamera zu erahnen und festzuhalten.

Beim Fotografieren spürte sie im Augenblick des Auslösens, ob ein Bild gelungen oder nicht gelungen war.

Es war nur allzu klar, dass sie bei der Schülerzeitung ihrer Schule die Fotos zu machen hatte. Allerdings fiel ihr das Lernen für die Schule oft schwer. Einerseits bereiteten ihr die Fächer Mathematik und Englisch Schwierigkeiten, andererseits fand sie auch kaum die Zeit, sich intensiv mit dem Schulstoff auseinanderzusetzen.

Es gab ihrer Meinung nach wesentlich wichtigere Dinge, als sich auf Englischarbeiten vorzubereiten. Viele Versuche ihrer Eltern, sie vom Gegenteil zu überzeugen, griffen ins Leere. So wurde manches Schulhalbjahr, wenn die Versetzungszeugnisse zum Ende des Schuljahres näher rückten, zur Zitterpartie. Es ließ sich nicht verschweigen, dass ihr hohes Engagement für die Schülerzeitung, gemischt mit ihrer freundlichen und hilfsbereiten Art, zu einem hohen Beliebtheitsgrad bei Lehrern und Mitschülern führte:

Letztlich wurde auf Basis dieses Bonus eine mangelhafte Leistung in Englischarbeiten irgendwie – sei es durch eine mündliche Sonderabfrage oder das Einsammeln des Hausaufgabenheftes – noch auf ein »ausreichend minus« gehievt. Irgendwie gelang es ihr, zwei Jahre vor dem Abitur ihr Lernen für die Schule und ihre Freizeitaktivitäten irgendwie so zu koordinieren, dass sie es sogar schaffte, einen einigermaßen ansehnlichen Schulabschluss auf die Beine zu stellen. Stolz waren ihre Eltern und ihre kleine Schwester, als ihr das Abiturzeugnis überreicht wurde. »Jetzt steht mir die Welt offen!«, dachte Anna, als ihr der Direktor das Zeugnis überreicht.

Annas Eltern versuchten vergeblich, Anna zu einer – ihrer Meinung nach – soliden Ausbildung zu überreden. »Mach doch wenigstens zuerst eine Ausbildung bei einer Bank oder Versicherung«, riet ihr Vater. »Wenn du studieren willst, dann doch wenigstens etwas Vernünftiges, wie Jura oder Betriebswirtschaft!«, pflichtete Mutter bei. Doch letztendlich mussten sie einsehen, dass Annas Talent, die Fotografie, nicht wegzuleugnen oder wegzudiskutieren war.

Anna bewarb sich an einer Fachhochschule für Kunst und Fotografie, reichte die erforderliche Mappe mit ihren Arbeitsproben ein – und erhielt den Studienplatz.

Nach zwei Semestern wurde es für Anna zu eng in der elterlichen Wohnung. Sie suchte sich eine kleine Zwei-Zimmer-Wohnung unterm Dach. Ihre Eltern waren weniger erfreut von dieser Idee.

»Kind, wie willst du die Wohnung finanzieren?«, fragte ihr Vater besorgt. Sie hatte bereits zu diesem Zeitpunkt die Gelegenheit, ihre Fotos in verschiedenen Bildbänden zu veröffentlichen. Für die Lokalnachrichten der städtischen Tageszeitung fotografierte sie regelmäßig und verdiente sich so einen ansehnlichen Betrag.

Dreihundertfünfundachtzig Euro warm für vierunddreißig Quadratmeter unterm Dach! Dreihundertfünfundachtzig Euro für ein Stück Freiheit, für ein Stück so sein, wie sie wollte, waren Anna nicht zu viel.

Es gelang ihr durch ihre kleinen Jobs tatsächlich ohne große Probleme, das Geld für ihre Wohnung zu verdienen. Sie genoss es, sich unter dem Dachfenster in einem alten Schaukelstuhl die schon wärmende Aprilsonne auf den Nacken scheinen zu lassen. Auch im Sommer war sie gerne in ihrem kleinen Paradies, selbst wenn die aufgestaute Wärme ihr nachts kaum Schlaf gönnte. An kalten Regentagen stellte sie sich vor, dass der Regen, der auf das Fenster prasselte, eine Melodie komponierte.

In solchen Momenten stellte sie sich Motive für Fotografien vor: Bestimmte architektonische Kunstwerke der Stadt konnte sie sich wirklich detailgetreu vorstellen. Ja, sogar den besten Standort für ein Foto in einem ganz bestimmten Winkel oder in einer ganz besonders hervorgehobenen Perspektive konnte sie in ihren Gedanken bestimmen. Wenn sie sich dann zu diesem Platz begab und ein Foto machte, war das auf Papier gebannte Motiv exakt das Abbild ihrer Vorstellung.

Stundenlang saß sie unter ihrem Dachfenster und ließ ihre Gedanken treiben.

Sie wunderte sich manchmal über die Bilder der Erinnerung, die dann in ihr auftauchten: Sie, ihre Mutter und ihr Vater am Strand einer Nordseeinsel. Sie glaubte, den Sand unter ihren Füßen noch zu spüren. Den salzigen Geruch von Meerwasser in der Nase und das Gefühl des sandigen, heißen Windes in den Haaren.

Früher oder später erinnerte sie sich immer an dieses Bild: Anna zwischen Mutter und Vater am Strand. Anna war sechs Jahre alt. Es war der letzte Urlaub, bevor sie eingeschult werden sollte. Die Großeltern hatten ihr noch am Tag der Abreise eine kleine rote Schaufel mit einem Holzstiel geschenkt. Anna war die Fahrt im Auto unendlich lange vorgekommen. Sie stellte sich vor, dass hinter jeder Erhöhung am Horizont doch das

Meer beginnen müsse. »Wie lange noch?«, hatte sie wieder und wieder ihre Eltern gefragt. Irgendwann hatte ihr Vater genervt geantwortet: »Bis wir da sind!«

Und dann, auf einmal, konnte sie am Horizont den blausilbrigen Streifen des Meeres erkennen. Obwohl sie morgens noch vor Tagesanbruch losgefahren waren, war es bereits früher Abend. Als sie auf die Fähre warteten, die sie zur Insel bringen sollte, begann sich die Sonne rot zu färben und schien im Wasser zu versinken. Den Anblick dieser untergehenden Sonne würde Anna ihr Lebtag nie vergessen.

Noch etwas anderes ist Anna tief im Gedächtnis haften geblieben: Eines Abends in diesem Urlaub setzten sich die Eltern auf das Sofa in der gemieteten Ferienwohnung und nahmen Anna in ihre Mitte. »Anna, du bekommst ein Geschwisterchen«, sagte Mutter zu ihr. »Wünschst du dir ein Brüderchen oder ein Schwesterchen?«, fragte Vater sie. »Ein Schwesterchen«, hatte sie verdutzt geantwortet. Aber gedacht hatte sie: »Eigentlich will ich gar kein Geschwisterchen!«

Sie bekam eine Schwester! Und als diese geboren wurde, bekam Anna Angst.

An den Tag der Geburt, als Mutter und Vater ins Krankenhaus fuhren und schließlich mit Silke nach Hause kamen, erinnerte sie sich auch noch gut. Als Silke da war, hatte Mutter nur noch wenig Zeit für Anna. Zumindest empfand Anna das so. Silke benötigte in ihrem ersten Lebensjahr viel Pflege, da sie nicht ganz gesund war.

Mutter musste oft mit Silke zu irgendeinem Arzt oder in ein Krankenhaus. Anna verbrachte die Zeit nach der Schule dann bei ihrer Großmutter, bis Vater sie auf dem Weg von der Arbeit dort abholte. Auch sonst änderte sich vieles: Bei Besuchen von den Großeltern oder ihren Tanten wurde zuerst nach Silke gefragt. Sätze wie »Kann sie denn schon laufen?« oder »Nein, ist sie groß geworden« klangen Anna noch in den Ohren.

Sechs Jahre Altersunterschied zwischen den Schwestern ließen Anna und Silke wie zwei Einzelkinder aufwachsen. Als Anna auf die weiterführende Schule kam, ging Silke in den Kindergarten. Als Anna die Schule verließ, war Silke zwölf. »Wie unterschiedlich wir doch sind«, dachte Anna in den Stunden unter ihrem Dachfenster. Dann ertappte sie sich beim Gedanken, ob ihre Eltern ihre Schwester wohl mehr liebten als Anna.

III.

Robert absolvierte sein Medizinstudium genau im Rahmen der dafür vorgesehenen Semester. Seine Praktika belegte er in verschiedenen Stationen der Universitätsklinik der Stadt. Er bereitete sich gerade auf die letzten Prüfungen vor, als er Anna zufällig im Studententreffpunkt »Café Kanne« das erste Mal begegnete. Anna hatte sich mit einer Freundin verabredet, der sie ein paar Fotografien von Herbstbäumen zeigen wollte. Die Bilder hatte sie in der letzten Woche in einem Park vor der Stadt aufgenommen. Die Fotos wollte Anna bei einem Verlag einreichen, der eine Bilddokumentation zum Thema »Bäume – stille Wächter am Wegesrand« herausbringen wollte.

Als Anna das »Café Kanne« betrat, war der Raum gut gefüllt, und es war kein Tisch mehr frei. Aus den Boxen der Musikanlage ertönten die sanften Gitarrenklänge von David Gilmours gezupftem Vorspiel zu *Wish you were here* jenes Pink-Floyd-Albums, das zu dieser Zeit in Studentencafés und Kneipen nahezu täglich und ununterbrochen lief. Robert saß an einem Tisch und lernte für eine Klausur, die er am nächsten Tag schreiben musste. Anna fragte ihn, ob sie an seinem Tisch Platz nehmen könne. Mürrisch schaute er in Annas Gesicht, die ihn aus seinen zu lernenden medizinischen Fachbegriffen riss. Er zeigte mit der Hand auf den Stuhl am Tisch, und Anna setzte sich. Sie bestellte eine große Tasse Milchkaffee und vertiefte sich in ihr Buch, Heinrich Bölls *Ansichten eines Clowns*.

Nach kurzer Zeit erschien Annas Freundin Susanne. Nachdem die beiden sich begrüßt hatten, zeigte Anna Susanne ihre Fotos. Anna hatte bereits Abzüge in zwanzig mal dreißig anfertigen lassen, um eine bessere Entscheidungsgrundlage zu haben, welche Bilder sie tatsächlich an den Verlag schicken sollte.

Robert wurde durch das Gespräch zwischen Anna und Susanne sowie durch die ausgebreiteten Bilder mehr und mehr von seinen medizinischen Fachbegriffen abgelenkt und schaute über sein vor ihm liegendes Buch hinweg auf die Bilder, die rechts von ihm auf dem Tisch ausgebreitet lagen. Der Anblick der Bilder machte Robert traurig. Sie erinnerten ihn an die langen, alleenartigen Wege auf dem Friedhof, auf dem sein Vater seit fast zwanzig Jahren lag. Ob sein Vater stolz auf ihn wäre, wenn er ihn jetzt hier sitzen sähe, so kurz vor Abschluss seines Medizinstudiums?

Solche Gedanken drehten sich um die letztendlich seit vielen Jahren unbeantworteten Fragen in ihm: Warum war sein Vater so früh gestorben? Warum gab es eine höhere Macht, die zuließ, dass Kinder ohne Vater aufwachsen müssen? Und warum hatte es gerade ihn getroffen?

Die Lust am Lernen war ihm jedenfalls gründlich vergangen. Er packte seine Bücher zusammen, bezahlte seine zwei Kaffees und fuhr mit dem Rad nach Hause.

Er traf Anna zwei Tage danach wieder. In der Mensa stand sie zufällig vor ihm in der Reihe an der Essensausgabe. »Für welche Bilder hast du dich denn entschieden?«, fragte er sie. Anna verstand nicht sofort. »Welche von den Bildern mit den Bäumen hast du denn an den Verlag geschickt?«, ergänzte Robert. Da erinnerte sich Anna, dass Robert im »Café Kanne« an dem Tisch gesessen hatte, den sie zufällig angesteuert hatte. »Drei haben wir ausgesucht: Das mit den rot gefärbten Blättern mit dem Sonnenuntergang hat mir besonders gut gefallen«, antwortete Anna. »Die Bilder waren, soweit ich sie sehen konnte, sehr professionell gemacht«, erwiderte Robert. »Vielen Dank. Trinken wir nachher noch einen Kaffee?«, fragte ihn Anna. Das taten sie.

Aus der einen Tasse wurden vier. Aus der halben Stunde ein ganzer Nachmittag. Robert erzählte von den traurigen Gedanken, welche die Bilder bei ihm ausgelöst hatten. Er erzählte ihr von seiner Mutter, die nicht mehr mit Vater hatte sprechen können, als er die Wohnung verlassen hatte, weil er schon tot war, bevor sie das Krankenhaus erreicht hatte. Anna erzählte von ihrer Schwester Silke. Von ihren Eltern. Von Strand und Sand am Meer und von vielen Bildern, die sie im Kopf mit sich führte und die längst so in ihr vorhanden waren, wie man sie später auf Bildern sehen konnte.

IV

Robert beendete sein Studium mit einem sehr guten Examen und trat eine Stelle als Assistenzarzt in einem Krankenhaus in der Stadt an, während Anna noch weiter studierte. Robert zog von zu Hause aus. Dieser Schritt fiel ihm viel schwerer als seiner Mutter. Er hatte sich lange gefragt, ob er seiner Mutter zumuten könne, von ihr wegzuziehen.

Wochenlang durchdachte er Argumente für die eine oder andere Seite. Am Ende schien seine Mutter, sehr zu seiner Verwunderung, erleichtert, als er ihr sagte, dass er sich eine Wohnung suchen wollte.

Als er mit Anna darüber sprach, sagte sie ohne große Umschweife, dass ihm die Trennung von seiner Mutter wohl schwerer falle als andersherum. Robert versuchte sich zu verteidigen, doch Anna widersprach ihm vehement. Das mochte Robert an Anna: Ihre direkte Art, hinter seine Abwehrstrategie zu gelangen. Mit ein paar Worten und ihrem Lachen überwand sie seine innere Verteidigungsarmee und drang ins Zentrum seiner wahren Gefühle, Ängste und Ansichten vor.

Auch wenn diese Erfahrung für Robert neu war, genoss er sie immer und immer wieder. Anna schien mit der Präzision einer Kamera in ihn zu blicken und sich ein genaues Bild von ihm zu machen. In solchen Augenblicken fragte sich Robert, was er wohl Anna gab. Sorge bereitete ihm die Vorstellung, dass nur er von einem Zusammensein mit Anna profitierte. Wenn er dann Anna genau dies fragte, lachte sie nur. Sie erwiderte dann, wenn genau das ihn beschäftige, sei es höchste Zeit für Robert, einmal ganz alleine, ohne irgendeine Frau, die ihn gedanklich beschäftige, zu leben. So wurden Anna und Robert ein Paar.

Die Zeit als Assistenzarzt im Krankenhaus war für Robert nicht immer einfach. Er wurde als junger Assistenzarzt mit kritischen Blicken beäugt. Er diskutierte oft mit Chef- und Oberärzten über mögliche Alternativen bei Behandlungsmethoden und erntete dafür die typischen Antworten, die ein Berufsanfänger in vergleichbaren Situationen erhält: Theoretiker, grün hinter den Ohren, und außerdem solle er sich die Hörner abstoßen. Doch Robert blieb standhaft, stellte sich den scharfen und direkt gegen ihn vorgetragenen Argumenten und beeindruckte seine Gegenüber durch seine Hartnäckigkeit. Er gewann allerdings auch das Vertrauen seiner Kollegen, weil sie in ihm einen guten und besonnenen Mediziner erkannten.

In dieser Zeit gab Anna ihre kleine Dachwohnung auf und zog zu Robert an den Stadtrand. Anna ließ sich Zeit, ihr Studium zu beenden: Zu interessant waren die Aufträge, die sie von Verlagen erhielt. Ihr erster ganz großer Auftrag waren die Fotos für einen Reiseführer über Schottland. Drei Wochen reiste sie kreuz und quer durch den Norden Großbritanniens. Der Redaktion des Verlages fiel die Entscheidung über die Auswahl der Bilder sehr schwer: Sowohl die Landschaftsaufnahmen als auch die Momente des schottischen Lebens, die sie auf den Film gebannt hatte, waren allesamt wert, veröffentlicht zu werden.

Für Robert stellte sich irgendwann die Frage, für welche medizinische Fachrichtung er sich spezialisieren sollte. Er entschied sich für Kindermedizin und wechselte daraufhin das Krankenhaus. Sei neuer Chef, ein netter und freundlicher Professor, förderte sein hohes Engagement. Robert bereitete seine neue

Stelle viel Freude. Robert und Anna lebten ihr Leben in einer gemeinsamen Wohnung, und doch nahmen sie sich Zeit für ihre persönlichen Freiräume. Anna fotografierte, und Robert kniete sich in die Arbeit in der Klinik.

Das Leben lag jeden Tag von neuem vor den beiden, und sie brauchten die Tage nur bewusst anzunehmen, um glücklich zu sein – bis zu dem Tag, als Anna eines Morgens erwachte und einen leichten, stechenden Schmerz im Rücken verspürte. Zunächst nahm sie den Schmerz überhaupt nicht wahr, dachte nach dem Aufstehen, sie habe vielleicht schlecht gelegen. Als der Schmerz auch nach dem Frühstück nicht verschwand, überlegte sie, was sie denn am Tag davor gemacht hatte und ob sie sich an irgendetwas verhoben haben könnte. Sie konnte sich an nichts erinnern. Sie trieb regelmäßig Sport, war vor zwei Tagen noch einige Kilometer durch den nahe gelegenen Stadtwald gejoggt, doch das waren regelmäßige sportliche Aktivitäten.

Sie schenkte den Rückenschmerzen zunächst keine weitere Beachtung mehr. Ihr Verlag hatte ihr den Auftrag erteilt, in einer renovierten romanischen Kirche den neu gestalteten Altar zu fotografieren.

Mit ihrer Fotoausrüstung machte sie sich auf den Weg. Eine Studienfreundin unterstützte ihr Vorhaben. Sie hatte in einem Verleih für Fotoausrüstungen Scheinwerfer und die dazugehörigen Reflexionsschirme ausgeliehen. Beim Ausladen der Ausrüstung nahm sie erneut den Schmerz im Rücken wahr. Sie dachte, dass sie nach den Aufnahmen unbedingt zum Arzt gehen wollte. Doch im Laufe der Aufnahmen vergaß sie den Schmerz. Die Fotos erschienen in der Wochenendausgabe des Städtischen Anzeigers.

Vier Monate später geschah etwas, womit weder Anna noch Robert gerechnet hatte: Anna erwartete ein Kind. Robert kam spät aus der Klinik nach Hause. Anna saß im Wohnzimmer, begrüßte Robert, zog ihn zu sich und flüsterte in sein Ohr: »Wir bekommen ein Baby!« Robert war zunächst sprachlos, drückte Anna an sich und begann lautlos zu weinen. In diesem Moment schoss ihm durch den Kopf, wie wohl sein Vater reagiert hatte, als Mutter ihm gesagt hatte, dass sie ein Kind erwartete.

Das war vor dreißig Jahren gewesen. Vater war damals ein junger Rechtsanwalt gewesen und hatte seine erste Stelle in einer Anwaltskanzlei angetreten. Vater, Jahrgang siebenundzwanzig, war im letzten Kriegsjahr noch eingezogen worden. Mutter hatte ihm, Robert, einmal davon berichtet. Als er Robert nach seiner Geburt das erste Mal in den Armen hielt, hatte er angefangen zu weinen. Mutter und die Hebamme waren damals fürchterlich erschrocken.

Doch später habe Vater erzählt, dass er bei einem der zahlreichen Bombenangriffe auf die Stadt mit eigenen Augen gesehen habe, wie eine junge Frau mit ihrem Kind den Eingang zum Bunker zu spät erreichte und im Hagel der umherfliegenden Splitter zu Tode kam. Auch ihr Kind verblutete, ehe Vater zu Hilfe kommen konnte. Das Schreien des Säuglings vor Schmerz sei Vater nie wieder aus dem Kopf gegangen, sagte Mutter dann.

Anna war also schwanger. Ihr Kind sollte im Sommer zur Welt kommen.

Während der Schwangerschaft verspürte sie von Zeit zu Zeit den stechenden Schmerz im Rücken, doch Anna glaubte, die

Ursachen der Schmerzen in eben dieser Schwangerschaft begründet zu wissen. Robert versuchte Annas Rückenschmerzen mit Massagen zu behandeln, doch die Schmerzen blieben.

»Die gehen weg, wenn das Kind da ist«, sagte Anna. Anna und Robert freuten sich auf ihr Kind. Anna hatte Robert gefragt, ob ihm eine Heirat mit ihr wichtig sei. Doch Robert sagte, er liebe sie mit Trauschein genauso wie ohne. Anna wollte auf jeden Fall noch während ihrer Schwangerschaft ihr Studium abschließen.

»Aufträge von Verlagen kommen immer noch, wenn das Kind da ist«, dachte sie. Auch Annas Eltern und Roberts Mutter freuten sich auf das Baby. An Wochenenden, nach langen Spaziergängen durch den herbstlichen Stadtwald, besuchten sie abwechselnd Annas Eltern oder Roberts Mutter. Dabei wurde von Woche zu Woche Annas wachsender Bauch bestaunt. Irgendwann kam der Tag, als Anna das erste Mal die Bewegung des Kindes spürte. »Jetzt trittst du also richtig in mein Leben«, dachte Anna.

Paula wurde in einer verregneten Mainacht geboren. In der Nacht hatten die Wehen im fünfminütigen Rhythmus eingesetzt. Anna hatte Robert geweckt, und sie waren in die Klinik gefahren.

Zweieinhalb Stunden später war Paula da: ein kleines verschrumpeltes, mit Käseschmiere und Blut überzogenes Häuflein Mensch. Robert weinte. Anna weinte.

Und Paula schrie mit der intensiven Kraft eines Neugeborenen, das die Welt als zu hell, kalt und unwirtlich empfindet. Doch sie beruhigte sich schnell, als sie auf Annas Bauch lag, geschützt von Roberts Händen. Den Rest der Nacht verbrachten sie gemeinsam im Krankenhaus, dann fuhren Anna, Robert und Paula nach Hause. Sie konnten sich nicht sattsehen an Paula. Stundenlang saßen sie vor ihrem kleinen Kinderbett und bestaunten sie. Sie fassten vorsichtig ihre kleinen Finger an oder strichen ihr über den Neugeborenenflaum, der ihre Kopfhaut bedeckte.

Paula nahm Anna und Robert ganz in ihren Bann. Nur Annas Rückenschmerzen wollten und wollten nicht aufhören. Da bat sie Robert eines Morgens, ihr einen Termin in der orthopädischen Abteilung des Krankenhauses, in dem Robert arbeitete, zu besorgen.

Der Tumor in ihrem Rücken war so groß wie ein Taubenei und hatte sich bereits an der Wirbelsäule festgesetzt. Als sie und Robert den Befund erfuhren, schien es Anna, als bräche ihr der Boden unter den Füßen weg. »Was wird aus Paula?«, schoss es ihr durch den Kopf. Sie spürte, wie die Angst in ihr aufstieg und sie für den Augenblick lähmte. Sie klammerte sich an Robert. »Wieso ich?«, stammelte sie unter Tränen. Robert fand keine Worte des Trostes. Er war wie vor den Kopf geschlagen. Nein, er wollte nicht noch einmal einen Menschen verlieren, der ihm sehr wichtig war. Annas Trost war Paula. Sie drückte die Kleine fest an sich und weinte.

Robert nahm sich ein paar Tage frei. Sie mussten nun schnell entscheiden, ob Anna einer Operation zustimmen sollte. Immerhin bestand die Chance, dass der Tumor entfernt werden konnte und kein weiteres Gewebe befallen war. Anna spürte in ihren Körper hinein. Mal glaubte sie, gar keine Schmerzen zu spüren. Doch dann, wenn diese sich stechend vom Rückgrat her ausbreiteten, glaubte sie den Tumor direkt zu fühlen.

Nachts fand sie kaum Schlaf und wenn, wachte sie kurze Zeit später schweißgebadet wieder auf. Anna träumte davon, sich im Spiegel zu betrachten, ohne Haare auf dem Kopf.

Paula schien Annas Angst zu spüren. Sie begann in den Nächten zu schreien und ließ sich nur schwer beruhigen. Robert zermarterte sich das Hirn, wie er Anna helfen konnte. Als ihr Lebenspartner und Vater ihres gemeinsamen Kindes und als Arzt. Er wusste, dass Anna die Operation fürchtete. Die Operation war zwar die einzige Hilfe, doch war sie auch die einzige Gewissheit über die Beschaffenheit des Tumors und seine mögliche Ausstrahlung auf andere Organe.

Am Tag vor der Operation machten sie einen langen Spaziergang durch einen nahegelegenen Wald. Sie mussten langsam gehen, denn Anna hatte große Schmerzen. »Robert, ich habe Angst vor dem, was danach kommt«, sagte Anna und drückte fest Roberts Hand. »Als ich dich kennen und lieben gelernt habe, habe ich geglaubt, das ist das wahre Glück. Jetzt kenne und liebe ich dich, doch das Glück hat sich irgendwohin verschoben. Ich frage mich immer warum. Warum soll unserer kleinen Paula das Glück verwehrt werden, mit ihrer Mutter aufzuwachsen? Warum musst du vielleicht viele Jahre ohne mich leben? Warum ich?«

Robert wollte etwas erwidern, doch seine Antwort erstickte in Tränen. Paula in ihrem Kinderwagen begann zu schreien. »Wenn ich daran sterbe, hast du wenigstens sie, ich habe gar nichts«, sagte Anna. »Anna, lass uns die Hoffnung nicht aufgeben«, antwortete Robert, »je früher man einen Tumor erkennt, umso größer die Heilungschancen.« »Robert, Robert, ich würde gerne Hoffnung haben, aber im Augenblick habe ich Angst, nur nackte Angst!«, brach Anna unter Tränen heraus.

Robert durfte mit im Operationssaal bleiben, als sie Anna den Tumor entfernten. Metastasen oder Ausstrahlungen auf andere Organe oder Gewebsbereiche waren zunächst nicht zu erkennen, doch genaue Aussagen konnten erst nach dem Ergebnis der Gewebeentnahmen gemacht werden. Die Zeit bis zu den endgültigen Ergebnissen der Entnahmen schienen Anna und Robert ewig lang. Anna hatte zwar ein Einzelzimmer und Paula war bei ihr, doch sie war nervös und in sich gekehrt. Tonnen der Erleichterung fielen von ihr, als Roberts Kollege ihnen mitteilte, dass keine weiteren Organe oder Gewebe befallen seien. Dennoch begann für Anna die schwierige Zeit der Nachtherapie. Anna schöpfte die ganze Kraft, die sie für die Behandlung benötigte, aus Roberts Liebe und Paulas Dasein. Paula ließ sie täglich mit der Kraft, die nur ein kleines Kind ausstrahlen kann, spüren, wie sehr sie in diesem Leben gebraucht wurde.

Anna kam wieder auf die Beine. Ein dreiviertel Jahr nach der Operation erinnerte nur noch eine Narbe auf ihrem Rücken an den hässlichen Schatten, der über ihr Leben gehuscht war. Die Nachuntersuchungen zeigten, dass sich der Tumor nirgendwo in ihrem Körper weiterverbreitet hatte. Paula hatte sich in dieser Zeit gut entwickelt. Aus dem Säugling war ein Kleinkind geworden. Sie krabbelte über den Wohnzimmerteppich und gluckste manchmal vor Lachen. In diesen Momenten spürte Anna eine große Kraft in sich. Sie begann in dieser Zeit auch wieder mit dem Fotografieren. Natürlich machte sie zunächst Portraits von Paula aus allen möglichen Perspektiven.

Als Paula zwei Jahre alt war, übernahm Anna wieder kleine Aufträge von Verlagen oder Zeitungsredaktionen. Entweder nahm sie Paula mit sich, oder ihre Eltern, im Wechsel mit Roberts Mutter, nahmen die Kleine so lange zu sich. Paula war ein umgängliches Kind. Sie blieb problemlos bei den Großmüttern. Immer wenn Anna sie wieder abholte, drückte sie Paula fest an sich, und es durchströmte sie jedes Mal ein tiefes Gefühl von totalem Glück.

Robert hatte inzwischen seine Prüfung zum Facharzt abgelegt. Er arbeitete weiterhin in der Kinderstation der Klinik und war die rechte Hand des Chefarztes geworden. Seine kleinen Patienten liebten Robert, wenn er lachend die Station und die Krankenzimmer betrat. Er legte sehr großen Wert darauf, dass die Kinder sich wohl fühlten. Robert versuchte so oft wie möglich, die Eltern mit in den Genesungsprozess der Kinder einzubeziehen: Er bot den Eltern der kranken Patienten an, bei ihren Kindern in der Klinik zu übernachten; er regte an, dass die Mütter, die ihre Kinder besuchten, die Zeit nutzten, auch anderen Kindern, die kaum oder selten Besuch erhielten, die eine oder andere Kindergeschichte vorzulesen. Er nahm sich viel Zeit, seinen kleinen Patienten zu erklären, was ihre Krankheit war und was er dagegen unternehmen wollte. Das alles machte ihn bei den Kindern, aber auch bei seinen Kollegen sehr beliebt.

Kurze Zeit später fand in der Nähe von London ein internationaler Ärztekongress zum Thema »Ganzheitliche Therapiekonzepte in der Kindermedizin« statt. Robert wurde als Referent vorgeschlagen und sollte auf dem Kongress einen Vortrag halten. Es war das erste Mal, seit Paula auf der Welt war, dass er alleine für eine gute Woche verreisen sollte. Anna und Paula brachten Robert zum Flughafen. »Ich rufe an. Pass mir gut auf Paula auf«, sagte Robert. Roberts Vortrag und das vorgestellte Konzept fanden sehr guten Anklang im Kreis der aus aller Welt anwesenden Ärzte. Ein Professor der Universität Michigan lud Robert zu einer Vortragsreise durch die USA ein. Robert berichtete Anna am Abend von seinem guten Vortrag und der Einladung in die Staaten. Anna antwortete mit knappen Worten. »Was ist mit dir los?«, fragte Robert. »Nichts, ich bin nur müde«, antwortete Anna.

Als Robert von dem Kongress nach Hause kam, fand er Paula mit schmerzverzerrtem Gesicht auf dem Sofa liegen. »Was hast du?«, fragte er. Doch er hätte die Frage nicht zu stellen brauchen.

Die ganze Zeit über hatten sie diese eine Frage verdrängt. Und wäre sie doch gestellt worden, sie hätten keine Antwort gewusst. »Wo ist Paula?«, fragte Robert noch. »Meine Mutter hat sie heute Nachmittag geholt«, antwortete Anna, »ich habe Mutter gesagt, ich fühle mich nicht gut.« »Seit wann hast du wieder Schmerzen?«, fragte Robert. »Ich habe schon einige Zeit wieder die Ahnung eines Schmerzes, doch ich hatte Angst, es vor mir selber zuzugeben. Es ist fast die gleiche Stelle wie damals«, sagte Anna.

Robert fuhr sie ins Krankenhaus. Noch in derselben Nacht wurde alles für eine schnelle Operation vorbereitet. Da Robert die diensthabenden Ärzte nicht kannte, verzichtete er auf seine Anwesenheit bei der Operation. Während bei Anna langsam die Narkose zu wirken begann, fuhr Robert mit dem Auto zu Annas Eltern, um nach Paula zu sehen. Die war ruhig eingeschlafen. Robert versuchte Annas Eltern zu beruhigen, doch er konnte ihnen die Sorgen um ihre Tochter natürlich nicht nehmen. Da Paula schlief, fuhr er ohne sie zurück ins Krankenhaus.

V.

Als er den Operationstrakt betrat, erkannte er durch die Milchglasscheibe der Tür zum Operationsvorraum, wie dahinter hektisch Menschen hin und her liefen. Gebannt starrte er auf das Geschehen: Zwei Ärzte verließen laufend den Saal, um nur kurze Zeit später wieder in ihm zu verschwinden. Robert öffnete die Türe und wollte sich schnell im Umkleideraum die desinfizierte Operationskleidung überziehen.

Doch dann hielt er plötzlich einen Moment inne, als suche oder vermisse er etwas. Es waren die fehlenden Geräusche, die ihn misstrauisch machten: Er vernahm nicht das bei Operationen üblich zu hörende, regelmäßige Geräusch des Pulsmessers. Von einer Sekunde zur anderen stieg Panik in ihm hoch. Seine Hände begannen zu zittern, als er versuchte, sich das Band der Leinenhose zuzubinden.

Genau in diesem Moment blickte er auf den Flur hinaus und sah, wie die beiden Ärztekollegen schweigend den Operationssaal verließen und sich im Hinausgehen die Handschuhe von den Händen streiften. Robert spürte, wie ihm seine Knie wegsackten. Er bemerkte noch, wie die Bilder vor seinen Augen verschwammen, und in seinen Ohren nahm er nur noch ein gleichmäßiges Rauschen wahr. Dann wurde es dunkel um ihn.

VI.

Wie geht es dem Leser mit Anna und Robert? Eine Geschichte, die nur das Leben schreiben kann. Der Autor sollte im richtigen Moment Stift und Papier bereithalten, um das, was sich zwischen den Zeilen abspielt, zu entdecken und zwischen Papier und Federspitze zu bannen.

Natürlich ist diese Geschichte reine Fiktion. Frei von irgendwelchen Quellparametern. Übereinstimmungen zu lebenden oder verstorbenen Personen liegen in der Verantwortung des Autors. Doch wäre es am Ende zu verantworten, Lebensgeschichten in einem Buchstabenlabyrinth auszusetzen, dessen Ausgang nur der Konstrukteur der Wortmontagen kennt?

So schlägt der Leser Seite für Seite Schicksale weiter. Oder er schlägt einfach zu. Dank den Roberts und Annas (und auch den Paulas), die den schmökernden Voyeuren Einblick in ihre Tagebuchnotizen gewähren.

Kapitel 7: Fragmente aus den Tagebüchern
Zeitläufte

Beijing, 11.9.2014

»*Liebster, eigentlich wollte ich nicht mailen und lieber mit dir reden, aber vor Heulen würde ich ja doch kein Wort rausbekommen. Du weißt genau, wie sehr ich dich liebe. Darüber brauchen wir nicht reden. Aber ich kann nicht mehr. Ich hatte gehofft, es ist nicht so schwer in der eigenen Wohnung. Aber mir ist in den letzten Wochen nur noch mehr bewusst geworden, dass ich so nicht weitermachen kann. Wir haben kein gemeinsames Leben. Ich werde versuchen, jemanden zu finden, der Zeit für mich hat. Tut mir leid, ich kann nicht mehr.*«

Es gibt Momente, in denen die gesamte Erkenntnis der Welt sich auf ein Minimum reduziert. Und gerade in dieser Reduktion liegt die Erweiterung des eigenen Horizontes. Die Sekunde, in denen Fühlen und Wissen sich brennpunktartig verbinden. Mit dem Gefühl, dass sich der Boden unter einem öffnet und der freie Fall endlos sein wird. Die Beschränktheit der eigenen Existenz, die Unvollkommenheit des eigenen Handelns, die Tiefe der Gefühle im Herzen – all das kam in diesem Moment zusammen und drohte mir den Atem zu nehmen.

Die Liebste, zigtausend Kilometer entfernt (nicht nur räumlich), und ich in diesem schmuddeligen Flughafenhotel mit einer völlig instabilen Internetverbindung. Und das alles um ein Uhr morgens. Es gab keine Bar hier, nur eine Art Kiosk. Die Verkäuferin war hinter dem Tresen eingeschlafen. Sie war wenig begeistert über meine Anwesenheit, verkaufte mir dennoch drei Dosen Tsingtao, und ich ging zurück auf mein Zimmer. Die *Facetime*-Verbindung war gruselig schlecht. Ich war kaum in der Lage, ein klares Wort herauszubringen. Das Salz in die Wunden wurde gestreut durch Sätze, wie »*Es wird schwierig mit Treffen in der nächsten Zeit ... Ich werde mir einen Partner suchen, der Zeit für mich hat ...«*

Nicht dass ich es nicht gewusst hätte, dass es zu dieser Entwicklung kommen würde – die Realität fühlt sich dann ganz anders an. In diesem Zustand zwischen Erkenntnis und freiem Fall wurde mir nur eines klar: Ich will diese Frau nicht verlieren. Bei allen Irrungen und Wirrungen, die unsere Wege in den vergangenen Jahren unserer Partnerschaft genommen hatten. Bei aller Verletztheit und trotz der Verletzungen, die zu diesem Zeitpunkt maximal geahnt, aber doch nicht ausgesprochen waren.

Die *Facetime*-Verbindung brach jedenfalls ab – und ich war alleine mit mir in der Nacht in diesem schmuddeligen Flughafenhotel in Beijing. Es mochte mittlerweile drei Uhr gewesen sein. Mein Flieger zurück nach Deutschland war für 10.30 Uhr geplant, doch ich hatte keine Lust mehr, noch eine Minute in diesem Hotel zu verbringen.

Ich checkte aus und ließ mich mit dem ersten Shuttle um fünf Uhr zum Flughafen bringen. Während der zehnminütigen Fahrt zum Flughafen liefen mir Tränen über die Wangen. Fühlt sich das so an, wenn ein Herz zerbricht?

Die Wartezeit auf den Rückflug zog sich wie Kaugummi. Dazu das Gefühl, dass das Herz verbrennt und das Glück den Händen entgleitet. Zweimal nahm mich das Flughafenpersonal beiseite: »*Are you okay?*« – »*Yes!*« – »*Are you really okay?*«

»*Eigentlich will ich nicht mehr heulen. Das war genug die letzten Jahre mit dem Auf und Ab. Atme mal tief durch und horche in dich hinein, denn eigentlich wolltest du doch zumindest unterbe-*

wusst genau das. Du kannst seit Jahren tun, was du willst, nur du lenkst dein Leben. Schau genau hin! Wann haben wir den letzten Kaffee im Bett getrunken (nicht mal in Hongkong). Wie oft waren wir freitags in der Sauna in fünf Jahren, um dann ein gemeinsames Wochenende zu haben? Ein Massagekurs? In fünf Jahren keine Möglichkeit? Ich finde, die wenigen Beispiele sagen doch schon viel über Prioritäten. Und das sind nur drei von tausend Beispielen. Also überleg mal, warum du wirklich heulen musst. Du bist erwachsen! Und nur du bist für dich verantwortlich. Schieb es nicht auf andere. Mach was aus deinem Leben, mit dem DU glücklich bist. Das war das Wort zum Freitag. Ich drück dich …«

Der Flug hatte eine Internetverbindung. Die Nachricht kam irgendwo über Sibirien bei mir an, und ähnlich frostig wie die Landschaft knapp zehn Kilometer unter mir wurde es mir ums Herz. Die Frage, die mich beschäftigte, war: Wie viele Chancen hält das Leben noch bereit? *Es muss im Leben mehr als alles geben* – der Buchtitel von Maurice Sendak spukte seit einigen Jahren quer durch mein Hirn. Jetzt konnte ich alles haben und wollte doch nur die Eine.

Mir fiel Bert Brecht ein:

Sieh jene Kraniche in großem Bogen!
Die Wolken, welche ihnen beigegeben
Zogen mit ihnen schon, als sie entflogen
Aus einem Leben in ein andres Leben.
In gleicher Höhe und mit gleicher Eile
Schienen sie alle beide nur daneben.
Dass doch der Kranich mit der Wolke teile
Den schönen Himmel, den sie kurz befliegen
Dass keines andres sehe als das Wiegen

Des andern in dem Wind, den beide spüren
Die jetzt im Fluge beieinanderliegen
So mag der Wind sie in das Nichts entführen.
Wenn sie nur nicht vergehen und sich bleiben
So lange kann sie beide nichts berühren
So lange kann man sie von jedem Ort vertreiben
Wo Regen drohen oder Schüsse schallen.
So unter Sonn und Monds wenig verschiedenen Scheiben
Fliegen sie hin, einander ganz zu verfallen.
Wohin, ihr? – Nirgends hin. – Von wem davon? – Von allen.
Ihr fragt, wie lange sind sie schon beisammen?
Seit kurzem. – Und wann werden sie sich trennen? – Bald.
So scheint die Liebe Liebenden ein Halt.

Selten währten zwei Handvoll Flugstunden länger. Wir wollten immer alles. Gerade weil mir gerade dieses »Alles« zwischen den Fingern entglitt, griff ich nach dem letzten Fetzen unserer Gemeinsamkeit. Ein Kopfsprung in den Strudel gerade dieser ungeordneten Gemeinsamkeit – nicht wissend, wie lange die Luft reicht.

Das Leben hält fast immer Hintertüren und mehr oder weniger geheime Abkürzungen bereit. Viele Fluchtpunkte im Dickicht des Alltäglichen. Dieses Mal gab es kein »ent« oder »weder«.

Unser »Wir« war auf den Punkt gebracht.

Johannesburg, Oliver R. Tambo Airport, Mai 2008

Der Flug von Frankfurt nach Johannesburg dauert zehneinhalb Stunden. Zehneinhalb Stunden, die ein Ausbrechen aus der bisherigen Welt bedeuten. Die *Business Class* der South African Airlines ist sehr komfortabel. Der Weg zum Flughafen war ziemlich hektisch. Bis zum Nachmittag hatte ich noch eine Veranstaltung für einen Kunden in Bad Homburg gegeben. Dann schnell nach Hause, Koffer tauschen und durch den nachmittäglichen Berufsverkehr zum Frankfurter Flughafen. Gegen 19 Uhr am Flughafen. *Check-in*, Sicherheitskontrolle, ein kurzes Bier in der *Business Lounge* und dann zum *Boarding* kurz vor 20 Uhr am *Gate* B 48. Die frühe Maisonne ließ den Flughafen in goldenem Licht erscheinen.

Die Zeit an Flughäfen ist eine besondere Zeit: Zwischen *Check-in* und *Boarding* scheint sich die Zeit aufzulösen. Jenes unbekannte Phänomen, das der griechische Philosoph Aristoteles als »die Zahl der Bewegung hinsichtlich des Davor und Danach« bezeichnet, ist auf einmal aufgeweicht, dahingeschmolzen. Zwischen *Duty Free Shops*, *Fast-Food*-Restaurants, gestrandeten Passagieren im Transitbereich und dem Luxus der *Business Lounge* erscheint sich die Wartezeit sekündlich aufzustauen. Im gleißenden Neonlicht verlocken die unzähligen Parfumflaschen zu einem Geschenk der Sehnsucht nach dem entglittenen Verlangen nach nackter Haut – zumindest in diesen Tagen. Gut, dass die Stimme aus dem Lautsprecher noch rechtzeitig zum *Boarding* ruft.

Der Flieger verlässt Frankfurt gegen 20.30 Uhr, und da Johannesburg in der gleichen Zeitzone liegt, braucht sich der Körper nicht mit dem lästigen Jetlag zu beschäftigen. Ankunft am O.R. Tambo Airport von Johannesburg ist gegen 7.30 Uhr morgens. Der Landeanflug ist faszinierend: Die rote Erde des afrikanischen Kontinents erscheint im friedlichen Strahl der Morgensonne. Das Elend der Slums und Townships ist aus dieser Höhe noch nicht mal in den Augenwinkeln präsent.

Dafür fängt einen die afrikanische Geschäftigkeit gleich nach der Ankunft am Boden ein. Bei diesem Besuch hatte ich fast sechs Stunden Aufenthalt bis zum Weiterflug nach Cape Town.

Der Atem geht freier, zehntausend Kilometer entfernt von Haus und Garten. Das Warten auf den Anschlussflieger vergegenwärtigt mir schlagartig das Gefühl des Gefangenseins in der romantischen Reihenhausatmosphäre.

Afrika hat die Weite, die sich nicht mit Worten beschreiben lässt. Die rot schimmernde Erde, das satte Grün im aufkommenden Frühjahr und das Zirpen der Zikaden in der herannahenden Dämmerung. Dagegen der Kontrast, wie die Menschen leben. Viel Armut ist zu sehen. Slums, Wellblechhütten.

An den freien Wochenenden nahm ich mir stets einen Mietwagen. Von Pretoria aus Richtung Rustenburg und dann nach Hartbeespoort Dam in der Abenddämmerung. Ein Staudamm, Naherholungsgebiet. Fliegende Händler an der Straße. Oder in einen der naheliegenden Nationalparks, wie Pilanesberg. Das unwirkliche Sun City mit künstlicher Lagune zum Schwimmen. Paul Hanmer im Ohr, den Geruch von Afrika in der Nase – und das Gefühl, ein Stück Freiheit zu genießen, das mir an irgendeiner Stelle verlorengegangen war. Mit Freiheit meine ich nicht aussteigen oder ein *Sabbatical* nehmen. Nein, meine Arbeit ist ein wichtiger Bestandteil meines Lebens, vermutlich ein Teil meines Selbstverständnisses. Freiheit im Innersten. Kein Negieren der Verantwortungen, die ich gerne trage. Meine Kinder und die Sorge für sie haben alleroberste Priorität.

Wetterau, März 2009

Rückkehr aus dem Iran. Über eine Woche lang hatte ich die Chance, in diesem wunderbaren Land zu arbeiten. Der neue Flughafen Imam Khomeini International liegt in der Tiefebene in einem wüstenartigen Umfeld. Die Stadt Teheran liegt gut 50 km entfernt. Über die Autobahn erreicht man den Flughafen in einer guten Stunde über die Autobahn. Dabei geht die Straße stets leicht abwärts. Irgendwann taucht an der Straße ein moscheeartiges Gebäude auf: das Grab von Ajatollah Khomeini. Selten habe ich ein so widersprüchliches Land bereist: Auf der einen Seite ist der Islam Staatsreligion, auf der anderen Seite bahnt sich die Freiheit im Denken ihren Weg wie Wasser durch offenporiges Material. Eine Geburtstagsfeier in einer Wohnung, zu der ich eingeladen war, zeigte mir, wie im Privaten gefeiert wird: Nie habe ich mehr Whisky-Flaschen auf einem Tisch gesehen als an diesem Abend. Es wurde getanzt, gefeiert – eine Party in einer Studenten-WG irgendwo in einer deutschen Universitätsstadt kann nicht weniger fröhlich sein.

Sie hatte mich auf diesen Geburtstag mitgenommen. Nach paar flüchtigen Berührungen erwachte die Verwirrtheit in mir. Sie hatte das Eis gebrochen, das in seinem Innersten die Sehnsucht nach lange Vermisstem als Geheimnis in sich verbarg und die sich nun, nachdem genau dieses Eis gebrochen und aufgetaut war, ihren Weg suchte. Dass der Spruch »Es war nichts mehr so, wie es war« der Beginn einer Abenteuerreise ohnegleichen war, konnte ich an diesem Abend in Teheran noch nicht begreifen.

Bad Nauheim, Mai 2011

Rückblende: Kurpark Bad Nauheim. Im Licht der sich im See spiegelnden Morgensonne ziehen Enten ihre Bahnen. Du und ich fröstelnd im ersten Sonnenlicht des Frühlings. Silhouetten fest umschlungener Körper. Nie mehr loslassen, was uns überraschend in die Hände gelegt. Getrieben von der Frage, wie sich Verantwortung anfühlt. Knapp über Wasser geblieben. Luftholen extrem gelernt.

Reykjavik, Oktober 2014

Die südliche Steilküste Islands taucht wie aus dem Nichts auf. Der Atlantik ist rau, der Flug reich an Turbulenzen. Der Blick gleitet über das faszinierende Ensemble aus Steilküsten und schneebedeckten Bergen. Ob Julie Gold in den späten Achtzigern diesen spektakulären Landeanflug auf Keflavik erlebt hat, als ihr die Gedanken zu *From a distance* kamen, weiß ich nicht. Es spricht aber einiges dafür:

From a distance the world looks blue and green
and the snow capped mountains white.
From a distance the ocean meets the stream
and the eagle takes to flight.

Mit ein wenig Abstand den Strudel der durchlebten Wochen des vergangenen Herbstes zu sehen. Zwischen Herz und Verstand hin und her gerissen. Die raue kalte Luft, die scharf vom Polarkreis herunterzieht. Sich nicht sattsehen können an dieser Mixtur aus blaugrauem Meer, grünen Küstenhügeln und den Schneegipfeln. Sonne, dunkle Wolken, Regenschauer, aufreißende Wolken, stechende Sonne, Schneeschauer und Regenbogen – das alles serviert in einer halben Stunde. Kaum eine Metapher für das Erlebte der vergangenen Wochen schien mir in diesem Moment passender. Schweißgebadet aufwachen aus den Tagträumen. Taxitransfer zum Rückflug: 3.30 Uhr morgens.

Dublin Airport, Frühjahr 2007

Wer Irland jemals bereist hat, der schließt diese grüne Insel mit ihren wunderbaren Menschen meistens tief in sein Herz. Ich hatte das Glück, Irland das erste Mal 1981 bereisen zu dürfen. Lange bevor der Celtic Tiger zum Sprung anhob und ziemlich unsanft unter Rettungsschirmen wieder zum Vorschein kam. Seit 1996 dann regelmäßig auch zum Arbeiten. Zugegebenermaßen hat manche Aussprache englischer Wörter durch meine Aufenthalte in Dublin und Umgebung etwas gelitten. Ein bisschen *rough* und *dirty*. Eines der größten Komplimente bezüglich meiner englisch-irischen eingefärbten Aussprache habe ich in New York City erhalten: In der 34. Straße, unweit des Madison Square Garden, gab es seinerzeit einen *Irish Pub*. Als Antwort auf meine Bestellung »*A pint of Smithwick's, please!*« fragte mich die Bedienung: »*Hey guy, are you from Ireland?*« Das sind Momente, in denen man sich geadelt fühlt – mir jedenfalls ging es so.

Was macht Irland so liebenswert? Sich der wunderbaren Heimat gewiss sein und doch überall zu Hause sein. In den Zeiten des *Great Famine* zwischen 1845 und 1852 sind mehr als zwei Millionen Iren vor der großen Hungersnot geflohen und haben sich überall auf der Welt niedergelassen. Niemals haben sie ihre Wurzeln verloren; und überall haben sie die Menschen mit ihrer Lebenslust, ihrer Musik und ihrem Durst nach Bier in ihren Bann gezogen. Bis heute bestimmen oder bestimmten irische Musiker nachhaltig den Klang, der aus den Musikboxen dröhnt: Ob Dubliners, Van Morrison, Rory Gallagher, U2, Sinéad O'Connor oder Westlife (um mal Chris de Burgh nicht erwähnen zu müssen), alle haben Musikgeschichte geschrieben.

Irish Pubs gibt es an jedem Winkel dieser Welt. Der 17. März eines jeden Jahres – *St. Patrick's Day* – wird weltweit in diesen Pubs mit Paraden, Musik und unzähligen Pints von Guinness gefeiert. Das ist ein Gefühl von Heimat. Da geht mir jedes Mal das Herz über.

Einen urigen Pub gibt es am Flughafen Dublin, »The Gate Clock Bar«. Jedes Mal wenn ich Irland wieder verlassen muss, umschleicht mich ein melancholisches Gefühl. Dieses wunderbare Land mit seinen Menschen ein Stück hinter mir zu lassen. Ohne zu wissen, wann ich wieder zurückkommen werde. Ich darf zum Glück immer wieder!

Zurück zur »Gate Clock Bar«. Egal zu welcher Tages- oder Nachtzeit man Irland verlässt – Zeit für ein *Farewell*-Bier sollte schon sein. Der Ire und der Irland-Freund trinken natürlich Guinness. Ich entschied mich allerdings immer für die helle Variante: Harp-Lager – das ich orderte und mir ein Stirnrunzeln des Barkeepers einbrachte. Zwischen hundert Guinness-Bestellungen musste diese Harp-Bestellung auffallen. Nach meiner dritten Abreise aus Dublin erkannte mich der Barmann, und automatisch stand mein Harp-Lager auf dem Tresen. In einem Flughafenpub! Das ist eines dieser unbeschreiblichen irischen Erlebnisse.

Warum schreibe ich darüber? Weil mich Irland gelehrt hat, was das Gefühl von Heimat ist: Unterwegs sein und doch seine wahren Wurzeln spüren. Dieses Gefühl habe ich bemerkenswerterweise bisher nur in Irland gespürt. Ich bin in vielen Ländern auf dieser Welt gewesen. Wenn du mich fragst, wo es am schönsten war – nein, nicht Sansibar, würde ich sagen, sondern Irland. Vielleicht ist es diese philosophische Hemdsärmeligkeit, die dich mal eben zwischen zwei Pints die Tiefe der

Welt ausloten lässt. Dazu spielt die *Tin Whistle* mit der *Uilleann Pipe* die Geschichte der *Fields of Athenry*. Das alles gepaart mit der bisweilen naiven Frömmigkeit des bis heute stets präsenten katholischen Erbes der Heiligen Kilian und Patrick. Mit Blick auf diesen traditionellen Katholizismus sind wir Kölner ja gar nicht so weit von diesen Traditionen entfernt – vielleicht sind wir uns daher an der Stelle ziemlich nahe.

In einem Aschenbecher habe ich vor vielen Jahren diesen Spruch gesehen und mir gemerkt.

Health and long live to you
Land without rent to you
A child every year to you
And may you die in Ireland

Das mit dem jährlichen Geburtsschrei gilt es zu überdenken, aber wenn's dann wirklich ernst wird und ich könnte noch wählen: In Louisburgh (County Mayo) ist ein Friedhof, der mir wirklich gefallen würde.

Shanghai, August 2014

Der Huangpu Jiang zieht sich durch die Metropole Shanghai. Ein bisschen wie der Rhein durch Köln, nur im XXL-Format. Im Osten der Stadt fließt er in den Jangtse-Fluss, kurz bevor dieser nach über sechstausend Kilometern ins ostchinesische Meer mündet. In einer großen Schleife trennt er die Stadtteile Puxi und Pudong voneinander. Auf der westlichen Seite, Puxi, ist der historische Stadtteil von Shanghai zu bewundern: Der Bund, die historische Uferpromenade durch den ehemals britischen Teil der Stadt. Die Bauten an der Straße, erbaut im Kolonialstil des ausgehenden neunzehnten und frühen zwanzigsten Jahrhunderts, vermitteln einen Eindruck des ehemaligen Shanghais. Ganz anders Pudong: Die Entscheidung der chinesischen Regierung in den achtziger Jahren des vergangenen Jahrhunderts, Shanghai die Vorreiterrolle der Modernisierung zuzuweisen, führte zu einem enormen Anstieg der wirtschaftlichen Entwicklung. Und zum Aufstieg Pudongs. Am östlichen Ufer, das vor gut vierzig Jahren noch ein Fischerdorf mit heruntergekommenen Hütten war, stehen heute faszinierende Wolkenkratzer, die die Skyline von Shanghai ausmachen: Das Shanghai World Financial Center – auch der »Flaschenöffner« genannt –, der Jin Mao Tower oder der Pearl Tower – sie sind nur ein Teil der gigantischen Hochhäuser, die sich in den Himmel über Shanghai strecken.

Besonders faszinierend ist es, die *Skyline* von der Westseite des Huangpu aus zu betrachten: wenn man die Nanjing Lu, die Einkaufsstraße von Shanghai, Richtung Osten weiterläuft und dann in Höhe des Peace-Hotels auf den Bund stößt und hinter der auslandenden Schleife des Huangpu das majestätische wirkende Panorama von Pudong betrachten kann.

Ich weiß nicht, wie viele Male ich diesen Anblick schon genossen habe. Zu jeder erdenklichen Tages- und Nachtzeit. Bei fast jeder Witterung. So auch an diesem Sommernachmittag, als Pudong klar und in Sonne getaucht vor meinen Augen auftauchte.

Der Tag war anders als sonst. Das Nichtgesagte wog schwer zwischen den Zeilen des abendlichen Mail-Austausches. Dunkle Wolken am Horizont waren nicht wirklich auszumachen. Eher das Gefühl, das Eigentliche nicht gesagt zu haben im sprachlosen Redeschwall der *Skype*-Konversation.

Die Vorahnung zielt viel besser ins Bauchgefühl als jegliches intellektuelle »So könnte es doch auch gemeint sein«. Ein paar Tage später in Beijing wurde mir auf schonungslose Weise klar, dass die Vorahnung ihre Berechtigung hatte.

Mumbai, Oktober 2013

Auf einmal ausgespuckt in eine fremde Welt, die als ersten Eindruck die gesamte Klaviatur der Gerüche - einer olfaktorischen Symphonie gleich – bereit hält. Der Blick erliegt zunächst der Vielfalt der Farben, der Gehörsinn ist verwirrt durch den Surround-Klang des Straßenchaos aus Dauerhupen, zweitakthämmern der Tuk Tuks und dem Geschrei der fliegenden Händler. Um 2.30 Uhr morgens ist die Stadt schon oder immer noch lebendig. Fahrt mit dem Taxi nach *Bandra Kurla*.

Nahezu jeder Abend folgt dann dem wunderbaren Ritual: Essen bei *Mahesh*! Vom Hotel rund drei Kilometer zu Fuß quer durch den indischen Feierabendverkehr. Mindestens dreimal muss man die vierspurige Straße von einer Seite zur anderen wechseln. Was an den ersten Abenden noch einem Selbstmordversuch gleicht, entwickelt sich nach und nach zur Routine: Die Straße gilt es immer schräg dem entgegenkommenden Verkehr zwischen Bussen, LKW und hupenden Tuk Tuks zu überqueren. Maximal spürt man den Druck eines Kühlers auf Hüfthöhe. Für diesen Survival Trip belohnt die Speisekarte des Mahesh mit indischen Köstlichkeiten und Kingfisher Bier.

Normalerweise gehen die Frauen in Indien nicht mit den Männern aus. Daher gibt es auch keine Damentoiletten in Restaurants wie dem Mahesh. Kommt dann eine Frau doch mit ins Restaurant, die zu allem Überfluss auch noch selbstbewusst ein Bier bestellt, wie wird dann die natürliche Hierarchieordnung im Sinne der indischen Tradition wiederhergestellt? *Kingfisher Strong* für die Herren und *Kingfisher normal* für die Dame. Ab dem zweiten Tag stehen dann genau so die Flaschen auf dem Tisch.

Was habe ich aus Indien mitgenommen? Vielleicht das Begreifen der Gelassenheit, den Tag mit all seinen Chancen und Risiken so anzunehmen, wie er nun mal kommt. Gepaart mit der Gewissheit, dass die Nacht alle Unzulänglichkeiten und alles scheinbare Versagen für ein paar Stunden zudeckt und du eine neue Seite des Lebens im Schein der aufgehenden Sonne aufschlagen kannst.

Den Blick auf die schlafenden Familien auf Pappkartons unter einer Autobahnbrücke um drei Uhr morgens auf dem Weg zum Flughafen werde ich nie vergessen.

Singapur, März 2015

Deine Hand ist wie ein Schirm gegen den tropischen Regen. Auf einmal raubt mir das Klima der Gewohnheit den Atem. Deine Hand zieht mich durch den Regen. Ich bin einfach nur froh, dass du da bist. Den Blick von der Aussichtsplattform des Hotels Marina Bay Sands über die Stadt gleiten lassen. In diesen Momenten überkommt mich eine tiefe Dankbarkeit, einen Beruf zu haben, der mich an viele Winkel dieses wunderbaren Planeten bringt. Ein tropisches Gewitter zieht heran. Regen, Blitz und Donner bei 30 Grad und extrem hoher Luftfeuchtigkeit. Die Blitze vermischen sich mit der abendlichen Lasershow über Marina Bay. Richtung Kallang River schauen, während die dicken warmen Regentropfen klatschend auf dem Boden neben mir aufschlagen und in Windeseile T-Shirt, Hose und Haare durchnässen. Trotzdem verweilen und die Aussicht genießen. Es ist sowieso nicht damit zu rechnen, jetzt ein Taxi zu bekommen, das uns ins Hotel zurückfährt. Da kann doch jeder Moment ausgekostet werden. Natürlich kostet jeder Drink hier oben ein Vermögen – doch das ist eine echte Investition in den Schatz der unvergesslichen Erinnerungen.

Changchun, China, Januar 2010

Ich bin das erste Mal in China! Nach der Ankunft in Beijing zog ein Schneesturm über die Stadt hinweg und legte den Flughafen sowie die Infrastruktur der Metropole des Reichs der Mitte erst einmal lahm. Der internationale Flughafen wurde spontan für zwei Tage geschlossen. Ich musste eigentlich noch knapp tausend Kilometer weiter nordöstlich, in die Hauptstadt der Provinz Jilin, aber es gab keine Möglichkeit mehr, dieses Ziel zu erreichen. Also zwei Tage festsitzen in Beijing. So erhielt ich, dank meiner chinesischen Kollegin, einen Crashkurs in »Chinesische Umgangsformen in Krisenzeiten«. Das hat mich nachhaltig beeindruckt.

Man stelle sich vor: Der Flughafen geschlossen wegen Schnee und Eis. Tausende Passagiere gestrandet. Bedingt durch den Schneesturm gab es nur eine Möglichkeit, in die Innenstadt (wo meine Kollegin auf wundersame Weise ein Hotel aufgetan hatte) zu gelangen: mit dem Flughafenexpress, einer Art S-Bahn. Zur Benutzung dieses Flughafenexpresses benötigt man natürlich ein Ticket. Ich fand die Menschentraube vor dem kleinen Ticketschalter schon beeindruckend und fragte mich, wie lange es wohl dauern würde, bis wir die Fahrkarte in Händen hielten. Noch beeindruckter war ich allerdings, als meine chinesische Kollegin sich in der Reihe vorne anstellte und nach wenigen Minuten mit den entsprechenden Tickets in der Hand auf mich zukam.

Nach zwei Tagen im verschneiten und kalten Beijing dann der Weiterflug nach Changchun. Die Temperatur lag bei ungefähr minus 30 Grad. Wie sich das anfühlt? Gut eingepackt spürt man eigentlich nur, wie die Nase von innen zufriert und sich die Eiszapfen im Bart bilden.

Dennoch gibt es ein quirliges Leben in der Stadt: Garküchen, fliegende Händler und sonstige Aktivitäten sorgen nach Feierabend für regulären Müßiggang und Entspannung. Faszinierend, wie man sich auch in unwirtlichen Ecken einrichten kann. Das hat mich wirklich beeindruckt, neben all den Eindrücken und Herausforderungen, denen ich als Erstbesucher in China ausgesetzt war. Essen mit Stäbchen ist eine leichte Übung. Bier – chinesisch *Pijiu* – zum Essen auch.

Beim *Baijiu* – dem Schnaps – wird es schon herausfordernder: Alleine dadurch, dass es als unhöflich gilt, plötzlich aus dem Reigen des sportlich betriebenen Nachschenkens auszusteigen. Da muss man dann halt einmal durch und darf sich am Folgetag nicht über die Kopfschmerzen, bedingt durch die Melange von Äthanol und Jetlag, wundern.

CGN, FRA oder ein anderer Ort mit Drei-Letter-Code

Wenn der Koffer eingecheckt ist und die Zeit bis zum Abflug ihren ganz eigenen Zauber verbreitet, verschmelzen Wegfliegen und Ankommen zu einem zeitlosen Zustand zwischen »von hier« und »nach da«. Je nach innerer Gefühlslage ziehen sich die Minuten bis zum Abflug zu gefühlten Ewigkeiten oder zu einem zeitlosen einfach nur Vorhandensein. Wegfliegen heißt auch immer: Was kommt wohl? Wegfliegen heißt auch: Komme ich zurück als der, der ich abgereist bin? Ankommen heißt: Was war wohl? Ist der Fluss noch wohltemperiert, in dessen Fluten kein zweites, gleiches Untertauchen möglich ist?

Dann zum *Gate* gehen und sich in die Reihe der wartenden Passagiere einreihen. Beim Warten auf das *Boarding* genieße ich es jedes Mal, den Gedanken ihren Lauf zu lassen. Da können die Umstehenden noch so nervös sein, drängeln oder sekündlich auf die Uhr schauen: Jeder hat seinen festen Platz schriftlich auf der Bordkarte in der Hand. *First*, *Business* oder *Economy*, alle werden zur gleichen Zeit das *Gate* verlassen und zur gleichen Zeit ankommen; allein das ist doch Grund zur tiefen Gelassenheit.

Dann kommt Bewegung in die Menschenschlange, und Van Morrison singt gerade in meinem iPod: *»When all the parts of the puzzle start to look like they fit – then I must remember there'll be days like this.«* Beim Vorzeigen des *Boarding*-Passes die heimliche Träne aus dem Auge wischen, da ich bei diesem Lied immer an drei diesen Refrain johlende Kinder auf der Rückbank des alten Mitsubishi L300 irgendwo in Tschechien denken muss. Aber das sind andere Fragmente aus anderen Tagebüchern.

einundsechzig – fünfundsechzig – zweiundsiebzig

mit diesem dreiklang gibt es keinen blumentopf zu gewinnen
weil die verminderten dissonanzen schon an der kleinen terz
harmonisch scheitern

aus dem notensystem gefallen verhallen die akkorde taktlos
im decrescendo einer pentatonischen kakophonie

wo selbst der zwölftonmusik mindestens ein taktstrich im
notenhalse
steckenbleibt vermag die ganze pause
den unsauberen triolen ausgeliefert im moll zu sein

wenn sich das zwölf takt schema
schon selber den blues vorspielt
ist der auftakt längst im schlussakkord gefangen
als chor der ausgefallenen synkopen

jede notation dieses dreiklangs verscheucht geschwungene
violinschlüssel
in die ungeraden chiavetten – wobei die fermate an sich
schon als
quell der provokation ohne auflösungszeichen punktiert von
der
ersten geige intoniert wird

während sich verstimmte harmonien im orchestergraben
verlaufen

ganz am ende

mal aus der reihe tanzen
vom alphabet
so ganz ohne
punkt und komma
dabei auch mal wieder ans semikolon denken

in der syntax ruhig vom omega zum alpha buchstabieren
um mitunter den umlauten tür und tor zu öffnen

punkt, punkt, komma, strich
mehr genügt doch nicht zum ich
vokale helfen noch dabei
konsonanten schmücken allerlei

punkt
(keine kursiv gedruckten regieanweisungen mehr aus der kulisse gesprochen)
einfach
punkt